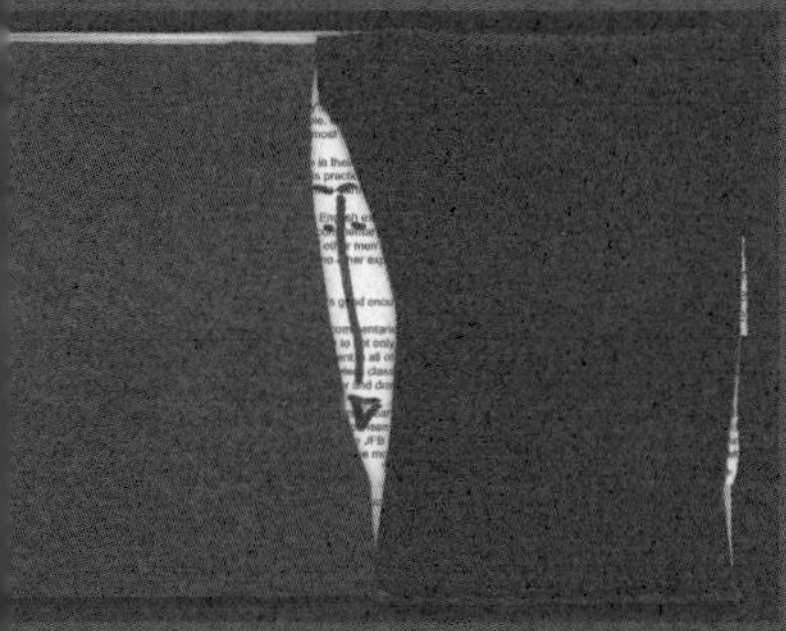

詩と散文

# 寒暖流

田中佑季明

土曜美術社出版販売

# 詩と散文　寒暖流＊目次

# 第一章　新詩集

## 第二章　散文集

カバー・扉コラージュ／田中佑季明

# 詩と散文　寒暖流

# 第一章　新詩集

# 黒い影

太陽を
背に受けて
今日も
黒い
薄い影が
都会の
舗道に伸びている

余りにも
恐ろしいほど
そのシルエットは
私自身を
写し出している

おまえは
言葉を持たず
人格さえ持たない
たぶん
魂のない
抜け殻だ

だが
ゆっくりした
歩調の
靴音を
都会のビルに響かせ
私の一歩先を
執拗に
まとわりつく
影武者

ヒトに
踏まれ
車にひかれ
水を浴びせかけられても
何一つ文句も言わず
痛さを訴えることもなく
黒い血も流さない
薄っぺらな
黒い影

私の黒い影は
私ではなく
私でもある

そんな
不思議な
黒い影

## 擦り切れた傷だらけのレコード盤

壊れかけた
古びた
１９６０年代初期の
小さな
ラジオから
かすかに
ジャズが
薄暗い部屋に
流れて聴こえてくる

擦り切れた
溝に針が落とされ
ＬＰから

時々針が飛び跳ね
回転する
壊れた
レコード盤

トランペットの
金属音に
雑音が混じり
不協和音に
苛立つ
傷だらけの
ＬＰ

どこか
わたしの人生に
似ている

ラジオ局は

そもそも
そんな
壊れたＬＰなんか
流す訳がない

私の思考回路は
ＸＸ年から
傷つき
処方箋も効果なく
破壊されている

# ある詩人の覚悟

詩人は
Ｊに
人生で
一番の
詩を書いてみせる
と豪語した

Ｊは
眼を輝かせて
詩人に
本当？
期待しているわ
あなたの
眠っている

才能・実力を
私に
今度こそ
見せて
入魂の
命を

詩人は
その日から
昼夜
原稿用紙に
ペンを走らせ
枡目を埋めてゆく

来る日も
来る日も
原稿用紙に
詩が書かれては

捨てられてゆく

詩人は
こんな筈ではない
魂の詩は
どこに
逝ってしまったのか

左脳
右脳
五感
全身
全霊
を奮い立たせ
枡目を
死に物狂いで
埋める

原稿用紙は
文字
数字
記号
などで
ぎっしり
埋め尽くされ
真っ黒

最後の
一枚にしよう
気持ちを
取り直し

その上から
また
詩が
書き加えられる

解読困難
意味不明
そこには
詩人の人生が
語られ
Jに
読んでもらうが
啞然として
言葉が出ない
J

言葉が
錯綜
乱舞
倒錯
交錯
幻覚

夢遊病者のように
踊っている

狂った
思考
語彙の羅列
詩人の
脳髄は
修復不可能

詩人の
詩は
死人の詩となり
何時までも
死詩
として
仲間に
葬られる

# 悲しみ色

この悲しみは
どこから来るのであろうか
闇は深く
何処までも
果てしない

悲しみの　器の
淵を彷徨《さまよ》い
おぼつかない　歩行

淵の周囲を
当てもなく
歩き続ける

悲しみの色は
どんな色

涙色　華水色
水中花に咲く　紫色

暗くて
長いトンネルを
抜ければ
ほんとうに
明るい
未来が
訪れるのだろうか

否、
哀しみ色は
日本海の
海底に深く漂う藍色

海流に
漂《ただよ》い
いつしか
漂流するだろう

波にもまれ
白い
波しぶきを上げ
岩場に
吠え続け
断崖に
波繁吹く色

誰も
ほんとうの
哀しみ色を
知らない

# しあわせ

しあわせとは
へいぼんのなかにあるもの
とくべつな　ものではない

とくべつなものを
かみさまは
ときどき
ごほうびに
あたえてくれる

そんなとき
あおぞらに
なないろの

にじのかけはしが
みえる

でも
とくべつなものは
そんなに
ながく
つづかない

しあわせの
よいんを
たのしんでいると
いつのまにか
しゃぼんだまのように
どこかへ
とんで　いって
きえて　われて
しまうもの

びょうきもせずに
けんこうで　いられることが
しあわせ

ひととの
あらそい
ごともなく

ひとを　あいし
わらって
へいわで
くらすことが
しあわせ

せかいも
みな
おなじこと

にんげんは
みんなに
かんしゃ　して
ありがとうを　いえば
あかるい　えがおと
へいわな
みらいが
きっと
やってくる

# しおからとんぼ

ある晴れた日
庭先に
赤
白
ピンク
黒の　カラフルな
若い女の
下着が
ひらひら
艶めかしく
風に舞っている

膝小僧が

破れた
古い
ネイビーブルーの
ジーンズが
力なく　だらりと
干されている

モスグリーンの
ブラウスが
風を
はらんで
揺れている

まるで
生きものの
透明な
人間が
動いているよう

白い
Tシャツに
しおからとんぼが
翅を　休めて
一匹
止まっている

入道雲が
もくもく　泳ぐ
真夏の昼下がり

# 言葉の力

風呂場で
やせ細った
手足が現れた

かつての
はち切れんばかりの
肉体は
そこにはない

侘しくもあり
悲しい
これが
力なく

老いること
百三歳の裸体

痩せてないと尋ねられ
少し
躊躇
大丈夫
しっかりしているよ
骨太だよ

そう……
安堵したような
小さな
声が
湯煙の中
返ってきた

しゃぼんを付け

今迄の
苦労を
落すように
背中を流す
身体を洗う
そして
シャンプー・リンスで
髪を
シャワーで洗う
白い泡が
洗い場に
漂う

風呂場の中
ドライヤーの
熱風が
勢いよく
髪を乾かす

天井には
暖房機がフル稼働
さっぱりした
表情の母の面

入浴剤の
湯船に浸かり
ああ、
気持ちが良いわ
極楽・極楽
黄金風呂のよう
ありがとう

息子への
感謝の言葉は
忘れない

湯船で

鼻歌を
歌う
余程気持ちが
良いのだろう

日常
身体の
あちこちが
痛む
痛みの製造マシーンのようだ

痛みに
耐えかね
肉体の衰え
苦渋の表情
忘却の世界を彷徨い
精神的ダメージに侵される
一時的

精神的錯乱なのか
自己否定を繰り返す
過去の栄光を顧みず
生きている甲斐がない
人間失格とまで言う

慌てて
火消に努める
消防士が
勢いよく
燃え上がる
火の粉に
放水するがごとく
言葉の
放水を
頭から
浴びせかけ
消火に努める

やがて
燃え上がる
火の粉は
沈火し
笑顔を取り戻す
建設的な
明るい言葉を
シャワーの如く
体いっぱいに
キラキラと
浴びせかける

百三歳には見えない
容姿だと
力付ける
誉め言葉を
探し

力を込めて
羅列し
言葉を浴びせかける

言葉は浮遊し母の耳深くに届く
過去の
栄光の日々
三基の文学碑
全集
過去の
文芸書の数々
これから
刊行する
本を語る
佐渡金銀山の
世界文化遺産実現への話

明るい

実現可能と思われる
希望を
とめどもなく
湧き出る水の如く
リズミカルに
語るのだ

自信と勇気を
与えることによって
細胞は活性化する

加えて
社会に必要とされている
使命感を語る

愛情の深さ
言葉の力で
ヒトは

笑顔を
取り戻すことが出来る

母の
いつもの笑顔が
湯船の中にあった

# 黒いエンジェル

宇宙に
黒い天使が舞う
暗闇の中
そこだけが
異様な雰囲気が漂う

黒い天使は
黒い翼を
拡げ
黄色い眼を
ギョロリと輝かせ
獲物を
物色

悪魔を見つけ
むしゃむしゃと
食べつくす

黒い羽根が
ひらひらと
宇宙を舞い落ちる

# □と△

儂は　四角
□の中は
古風の中に
煌びやかさがあり
いぶし銀のように
格調があって
光っている

お前は　三角
△の中は
クリスタルの輝きの中に
三日月が
ひとつ
北斗七星の光で
草原を照らしている

儂の□の中に
お前の△を入れてみよう
儂の中で
お前の鋭角的な
三角の頂点が
三か所
抵抗しながら
儂を鋭く刺す

わたしは
こんな四角張った世界はご免よ
クリスタルの世界で
自由に生きたいの
何ヨ
こんなおいぼれたような

空間には
一時も居たくないわ
早く　出して！

元気の良い娘さんだ
でもこの囲いの中からは
一歩も
出られんぞ
覚悟せい

よして
早く出しなさい！

△形の面積は
えーと、
底辺×高さ÷2だったな

そんなこと
小学生でも知ってるわよ

お前は
エジプトの　ピラミッドだ
スフィンクスを
用心棒に付けてあげよう

儂はツタン・カーメンだ

よく言うわね
年老いた
金色のツタン・カーメンなんて
何の魅力もないわよ

よく言うな
仮面を付ければ
年など関係ない
皆おなじよ

海の
石ころになった。

三角定規やノギスで測定しても
△は△だ
何ら変わりやしない
儂の
□の中からは
出ることが出来ない
諦めろ

□は
△を抱き込み
少し　動き始めると
転がりはじめて
山峡を勢いよく
転げ落ちる
□は
川に流され
やがて

# ひとり舞台

お前の
栗色の
髪をたくし上げ
濡れた
赤い唇に唇を
重ねる
お前の
瞳は閉じ
陶酔の世界へ誘う
やがて
ふたつの豊かな
柔らかい
丘陵に

手をあてる
小さなつぼみが
当たる
そっと
片方を
口に含んで
もてあそぶ
やがて
女の肢体の
核心部分に手を当てる
栗色の
草原が
柔らかい
そっと
指を
いれると
充分な
うるおい

私は
自分の塊をいよいよ
挿入する
ウッウッと
女の喘ぎ声
私は
体位を変え
より深く
挿入しようとしたとき
バターンとベッドから
転げ落ちた

夢の中に
ひとり
いた

# 日常から非日常へ

平日の昼下がり
ファミリーレストラン
客はまばらに
散らばっている

恋人同士が
仲良く
談笑している
男は
終始
甘いマスクで
笑みを投げかけ
足を組み

ゆっくり
ピザをフォークで口に運んでいる
女は
パスタを
上手に
フォークと
スプーンで
器用に口に入れる
二人の
距離感が分からぬまま
店を出て行ってしまった
友達以上恋人未満というところか

遠くの座席で
作業服を着た老齢の男と
背広姿の中年男が
商談をしている
老齢の男は

終始
笑みを絶《た》やさない
上手くいっているようだ

高校生らしき　私服の
二人の女学生が
隅の席で
男友だちの話を
楽しそうに
身振り手振りで
瞳を輝かせ
話している
いつもにこやかな表情だ
彼女らは何に対しても
笑みを忘れない
若さなのだろう
スマートホンは
外せないツールのようだ

談笑中も手放さない

親子づれの子供たちは
料理そっちのけで
ゲームに夢中
親は
子供たちに
ゲームをやめるように
促すものの
子供は
上の空

不釣り合いの夫婦
奥さんは
気の強そうな女
厚化粧で洋服もそれなりの豪華さで
一見美人
男は
さえない感じの気の弱そうな男
子供の面倒は
奥さんが
手際よくみている
女は
強い
否、逞しく生きている
結婚すると
女は
母性本能を発揮して
家庭をうまく
廻してゆくのだろう

中年の三人組の
おばさんたちは
旅行談議に花を咲かせ
旦那そっちのけで旅行計画

そんな客の中を
ウエイターが
マニュアル通りの応対に忙しい
ピンポン
入口のドアがなる
いらっしゃいませ
今の時間
どちらでも
お好きな席へどうぞ
客は
店内を見渡し
好きな席に着く

眼光鋭い黒服の男が座る
珈琲を頼む
唇に煙草を銜え
ライターで煙草に火をつける
右手の小指がない

ゆらりと紫煙が上がる

日常の平和な場所で
暴力団の抗争の場に
遭遇
ドンパチと　拳銃の乾いた音が響き
修羅場と化す
怒号が飛び
テーブルが倒れ
珈琲と水が床にこぼれる
男の
ワイシャツから
真っ赤な
鮮血が
滲む
新宿歌舞伎町

二十四時間警察が

動く不夜城

遠くで
サイレンが
けたたましく
なっている

## 逆転の美学

俺の人生は
ネバーギブアップ
お前の人生は
ギブアップ
俺はポジティブ
お前はネガティブ
俺は明朗
お前は陰湿

俺は容姿端麗
お前は不美人草
俺はエバーオンワード
限りなき前進

お前は
マイナス思考の連鎖
負の遺産を
いつも
引きずって生きている

ある日
逆転した
俺とお前

お前は不美人から
魅力的な
みずみずしいおんなに変わった

俺は人生への
輝きを
失い

いつしか
夢遊病者のように
この世を
目的もなく　歩いて
生きている

生きている意味をも顧みず

俺は健康を失い
肉体は
日増しに衰え
崩壊してゆく
精神までも
蝕まれてゆく

一方
お前は
素敵な

恋をして
笑顔をとり戻して
生き生きと生きている

お前は
健康に
満ち溢れ
烈しい
情熱的な
恋をして
肉体の細胞が
活性化し
血潮も
波打って踊っているようだ

俺は
自分が背負ってきた人生は
自分で

けじめをつける

勝者
敗者
は
時の運？
そうじゃないだろう
最後まで
闘いは
終わらない
分からない

健康を
先ずは
維持しなければならない
肉体も精神も壊れる

崩壊した

我が身体を
諦観させてしまうことが
敗者への
第一歩のようだ

だが
俺は　違う
地を這いつくばっても
栄冠　の狭い険しい道を
一歩・一歩　歯を喰い縛ってでも
辿り着くまで
生き続ける

それが　自分にとって
どれだけの
価値があるのだろうか?

それでも

何かに取り付かれたかのように
無知を知りながらも
前へ進む
進一層《しんいっそう》

# 顔の見えないハガキ

南の国から
一枚のハガキが届いた
ハイビスカスの
花の匂いを運んで

送り主は
S・Jの
イニシャルと
紅い口紅がついた
キスマーク

ハガキの裏は
白紙だった

あなたが
いかようにも
わたしの思いを
熱い心で
書いて読んでくださいね
と言っているようにも
私には
思えた

私は
早速
あなたに
ブルーのインクの
万年筆で　ひとしずく
心を込めた
ハガキを
赤いポストに

投函した

東京から
南の島まで
幾千キロ
私の情熱を乗せて
紙飛行機は
ひらひらと
白い雲の中を
飛んでゆく

青インクで
綴られた
ラブレター

雨で
文字は
滲んで

擦《かす》れて読めない
ブルーなラブレター

君から
送られたハガキも
白紙

私から送った
ハガキも
滲んだ
ブルーの
文様

でも
一枚のハガキには
誰も読めない
二人だけの　読み解ける
愛がある

# 嫉妬

君と
僕の間には
一本の
見えない
糸が張られている

人は
赤い糸という

いや
それは
ちがう
情念の熱い糸だ

あまりの恋の熱さで
時々
ぷっつんと
燃えて
切れることがある

糸なのに
恋の火花を散らし
真っ赤に
スパークするときがある

女の裸体は
仄かに
薄紅色に
燃えている

毒蜘蛛が

二人の愛を
嫉妬して
邪魔をする

毒蜘蛛の
糸が
ぐるぐる
女の身体に
執拗に
巻き付く

女は
糸を払いのけ
もがきながら
苦しみの叫びをあげる
恍惚の表情にも似ている
だが　それは
苦渋の苦しみであった

男は
慌てて
女の裸体に巻き付いた
糸を
必死に
払いのけようとする

強力な
粘着力のある
毒糸は
男をも
巻き込む

男の
首を
じわじわと
真綿で首を締め付けるように

糸を吐く

男と
女は
一本の白い蚕のように
直立不動で
立っている

白い蚕のよう
毒蜘蛛は
大きな
網にかかった
蚕を
いつ食べてやろうかと
口を泡だたせ
もぐもぐさせ
その
機を
狙っている

嫉妬という
毒蜘蛛の反撃
が　はじまる

# 砂のおんな

白い砂浜で
裸のおんなは
無防備で
大胆に
太陽へ
身体を
開く

砂のおんなは
キラキラした
砂の粒子を
身にまとい
太陽を
誘惑する

やけどするような
恋は
これっきりと

おんなは
炎上して
大空へ
消えていった

# 恋のおわり

ブルーレインが
都会の夜の
乾いた
砂の街に
烈しく
砂嵐のように
降り注ぐ

高層ビルの灯が
砂埃を少しはらんで
悲しく滲んで
浮かんで光っている
ＴＯＫＩＯ

カラスのような
大きく翼を広げた傘に
あなたとわたし
ポツリと
ふたり
並んで
濡れた歩道を
歩いている

襟を立てた
サーモンピンクの
トレンチコートから
仄かな
ＤＩＯＲの香

ＢＭＷのヘッドライトが
眩しくふたりを照らす

水しぶきを上げ
通り過ぎる
赤い車

ほの暗い
酒場のカウンター
あなたは
ピンクレディーのカクテル
わたしは
ダブルの水割り

あなたの細い指には
わたしが
思いを込めて贈った
エジプト古代の
女の顔が描かれた
長方形の
銅《ブロンズ》の　安指輪

わたしにとっては
最大の心のこもった贈り物

肩寄せあい
揺れるランプの炎の中
恋人のよう

遠くで羨望の眼差しで
見つめていた
過去の
あなたが
今　ここにいる
まるで
夢のような　現実

恋することは
罪ですか
愛することは

罰ですか

情熱の
真っ赤な
燃える
華を咲かせたのは
わたし

薔薇の花びらを
非情にも
一枚一枚
冷たく
ちぎり落とすのは
あなた

薔薇の棘は
わたしの心を
深く

鋭く
刺し
赤い鮮血の
涙を流す　わたし
わたしの　愛が
届かなかった日

その日から
慟哭の
日がはじまる

あなたのいない
終わりなき闘いは
わたしの中で
くすぶり続け
いつ終止符を
打つのだろうか

それは
自分自身で
打つしかない

冷たい　ジャックナイフを
首に当て
命を　断つのは
容易だ
だが
わたしは
生き続けなければならない
あなたのために
わたしのために

## 白いショールの女

わたしは
街の　娼婦
厚化粧をして
今日も　街角に立つ
男に　色目を使い
男を　物色
いつもの　白い
ショールを肩にかけ
気のありそうな男に
声を掛ける

煙草をふかし
今日は　さっぱり

女のヒールの下には
煙草の吸殻が何本も
散らばっている

やくざに　気を遣い
警官にも　職務質問されないように
警官の姿を見つければ
サッと逃げ
この稼業は　楽な商売ではない

三十路を過ぎ
厚化粧
耳には　大きな金のイヤリング
ミニスカートを穿き
長い脚には
黒い網タイツで
男を刺激する

この辺では
白いショールの女として
ちったぁ　名が知れている
姐さんなのよ
雨の日も　風の日も
いつでも
街角に立ち続ける　女

スケベなおやじが　寄ってくる
値段交渉
折り合いがつけば
夜のラブホテル街に
消えてゆく

# V字回復

愛
永遠
二人の
世界信じ
生き続けて
薔薇色の世界
疑わずに生きる
世の中は甘くない
薔薇の棘がぐさりと
心臓の奥深く刺さって
抜けない時があるように
男と女の恋の不思議な物語
筋書きのない世界を展開して
ボタンの掛け違いの些細な秘事
奈落の底へと突き進んでゆくのか
洞窟の底から見上げる青空は遥かに
高く澄み渡り一点の曇りもなく広がる

かつての二人の仲を戻せることはなくて
冷たい風が闇夜に吹き続けて通り過ぎ
愛と憎しみの狭間で二人は葛藤する
改めて現実の世界に直面するのだ
これが人生だ現実を直視せよと
ヒトは言うだがそうだろうか
私は疑問を抱く夢物語の中
夢追い人になっているか
天の声にも耳を傾ける
声なき声は意味不明
己で答えをだせよ
お前の人生だよ
誰にも邪魔は
されずによ
きょうを
生きる
己の
為

# 所詮この世は……

俺は
首尾一貫　剛毅果断
お前は
意志薄弱　優柔不断
俺は
風林火山　暖衣飽食
お前は
支離滅裂　貧困生活
俺は
独立独歩
お前は
他力本願
俺は
順風満帆
お前は
波瀾万丈
俺は
沈思黙考
お前は
馬耳東風
俺は
大器晩成
お前は
輪廻転生
だが
所詮
この世は
色即是空

# 四文字の競演

合縁奇縁　暗中模索　一日千秋　一陽来復
一生懸命　一触即発　温故知新　花鳥風月
我田引水　起死回生　起承転結　奇想天外
喜怒哀楽　九死一生　窮鼠猫嚙　金科玉条
傾国美女　蛍雪之功　言行一致　荒唐無稽
豪放磊落　国士無双　五里霧中　才色兼備
三面六臂　色即是空　時代錯誤　四面楚歌
酒池肉林　順風満帆　諸行無常　支離滅裂
針小棒大　森羅万象　晴耕雨読　論功行賞
千思万考　全身全霊　大器晩成　猪突猛進
沈思黙考　天衣無縫　東奔西走　南船北馬
波瀾万丈　美辞麗句　眉目秀麗　百花繚乱
付和雷同　粉骨砕身　悶絶躃地　唯我独尊
悠悠自適　羊頭狗肉　竜頭蛇尾　田中行明

# 時の魔術

昨日の今日は今日の昨日。時を持たない男は、時間に制約されない。男の世界は1日25時間で廻る。男の脳時計の針は、10年に1秒の誤差があるだけだ。ある時は、1日を60分で生きる時がある。睡眠時間は、5分もあれば充分。熟睡から目を覚ませば、仕事が待っている。食事は1度に3食。胃袋への分配は、朝・昼・夜と自動的に区分される。味覚も匂いもある。ＳＥＸは前戯も後戯もない。即神秘的な洞窟に挿入し射精する。絶頂も瞬時に通り過ぎる。まるで機械の営み。これで男と女は快楽を共有できるのか？　疑問が残る。女はともかく、男は5秒で充分な快楽を得られる。凸と凹の世界は、どんな色彩で彩られるのだろうか。2

人だけの色彩だ。また、難解な仕事もクリエイティブな仕事も、スーパーコンピューターが頭脳に内蔵されているので、いとも容易に解決・創造ができる。だが、自我の意識を自覚した時、自己の総括は己自身で決断するのは難しい。それはスパコンに頼って生きている男の悲劇である。男にとって、生きる事とは何か？　例えば明日のあなたに会うために一生懸命今日を生きる。こんな面倒くさいピュアな気持ちは、この男には存在しない。無我の境地に戻り無となる。無は無限につながるだろう。時間に拘束されず自由に無を生きる。時間の縦軸と横軸があるとすれば、それらは何をもってその尺度とするべきことなのか。１００年を1秒で生きることも出来る私には、ナンセンスであろう。もしかすると、私は時間を刻んで食べて生きているのかもしれない。それは時間に制約・支配されているのではなかろうか。時は1秒も待ってくれない。前へ進むことが仕事だ。たった今の1秒さえ、引き戻すことが出来ない。これは時の悲劇ともいえないだろうか？

# 生きものたち

俺は歩く。荒涼とした、朝霧の立ち込める草原を黙って歩くのだ。遠くに朝霧の中、大木が見える。どこからか、悲しい鳴き声が聞こえてくる。歩を進めると、樹齢100年以上経つ大木にぶつかる。大木の上には、孔雀が羽を広げ、雄姿を誇示しているように見える。ピーヒョロロ・ピーヒョロロと、トンビの鳴き声も聞こえる。姿を見せないが、うぐいすの鳴き声も聞こえてくる。カアー・カアーと、自己主張する黒いカラスもいる。また、猫や犬ばかりでなく、牛や馬・虎・麒麟、そして何と小象まで吊るされている。クリスマス・ツリーではあるまいし、これは幻想なのかもしれない。俺は尚歩を進める。草原の中に、湖を発見した。

湖面はどこまでも青く、透明度も湖底が見えるほどだ。湖面には、俺の幼少期から青年期までの写真が、浮かんで揺れているではないか。学生時代の北海道の修学旅行の写真も湖面に張り付いている。集合写真には、初恋のJの笑顔も見受けられる。湖面一杯に貼られた、俺の数々の写真には、俺の歴史がある。歴史を背に尚歩き続けると、牧場に出た。何十頭の馬や牛が放牧されている。毛並みの良いサラブレッドを見つけると、俺は裸馬にまたがり山へと向かう。馬上からは、爽やかな風が全身に吹き抜ける。やがて、頂上に辿り着く。俺は裸馬から降りて、馬を解放した。馬は元来た道を颯爽と走り抜けて行った。山の頂からは、眼下に小さな集落が見える。集落の屋根の煙突からは、煙が出ている。男はリュックから、ドローンを取り出し、眼下の集落に向けて飛び立った。集落に着地すると、物珍しさで家屋から村民が飛び出してきた。顔はキリンや馬・豚・犬・猫で身体は人間。

エプロンを掛けている馬もいる。会話は通じていないようだが、それぞれの動物の鳴き声が会話となる。日常を共に生きている彼らには、共通語のように彼らの発する声や動作で、言わんとしていることが分かるようだ。俺のことを彼らは、じろじろと見ている。危害を加えないことを知ると、彼らは、昼食を準備してくれた。食べるものは、人間生活の物と変わらなく美味しい。腹いっぱいに御馳走になった。俺は彼らに何をしてあげられるのだろうか？　何も与えられるものはない。感謝の気持ちだけだ。彼らにも、俺の気持ちが伝わったようだ。俺は再びドローンに乗り、集落を飛び去った。集落が小さく眼下に見える。

## 荒れた海

海は荒海。何をそんなに怒っているのか。荒波が岸壁や荒磯にまで白い波しぶきを吹き上げ押し寄せる。昨日までは、穏やかで波静かな海が豹変する。ゴーゴーと音を立て海風に乗って幾重にも波は吠え続ける。漁船も船着き場で、ロープに繋がれて、漁を待つ。海が時化ると、漁の仕事は出来ない。海よ海、お前の怒りを治めるには、どうしたら良いのか？　浜のべっぴん娘でも海に放り投げ与えればいいのか？　それとも、漁獲したばかりのタイやマグロ・ウニ・えびなどを海に戻せばよいのか？　教えてくれ。天は灰色の雲に覆われ、不気味な流れを見せる。曇った地平線には、天と海が一緒になる。地平線が弧となる。海が割れる程海の怒りはない。ただ海の怒りが終息するまで漁民たちは、日に焼けた老人の顔を海に向け、澄んだ瞳で海を見つめるしかない。沈黙の表情の先には、漁場で網を引く漁師たちの顔がある。

## 痛みに耐えかねて

私の身体は、今・絶不調。かつての健康な身体は、いつ戻るのだろうか？　過去の自分が懐かしい。朝・昼・夜と薬漬け。薬物中毒のよう。一粒でも減らすように調整しなければなるまい。医者とどの薬が適合するのか「にらめっこ」。人体実験の先にあるのは、健康という二文字。副作用も顧みず、痛さに耐えかね服用する。こんな長い付き合いは、ご免だ。苦渋に満ちた悪夢からの解放はいつぞやら。過去の平和で健康だった日々は、いつ再び訪れるのだろう。

## 失恋

19XX年4月。初恋はずたずたに散り破れ去った。桜の散る頃、俺の心も桜と共に見事に散った。桜吹雪が男の舞台を作ってくれた。レモンの味がするくちづけも、束の間、俺の青春の1ページを暗い歴史で終わらせた。しかし、悔いてはいない。彼女をバネに俺は生きてきた。どん底から這い上がる力を貰った。むしろそれは、彼女から頂いたプレゼントと言ってもよかろう。感謝するべきものかもしれない。それぞれの道で生きて行こう。

## 模索する詩人

どれだけの詩を書けば良いのか？　書いても書いてもゴミ箱に捨てられてゆく。脳髄に残っている言葉はこんなものか？　これだけではないだろう。何故もっと語彙を鋭い切り口で書けないものか？それは詰まる所、詩人の才能に委ねられる。努力して、幾百・幾千の言葉を羅列したところで、言葉のゴミになってしまう。燃えるゴミに終末を迎えることは忝い《かたじけな》。血を吐いても、一編でも満足のゆく詩を書きたい。そこにはどんな世界が生まれるのだろうか？　ひときわ煌めいて、重厚で揺るぎない人の心を揺さぶる詩であって欲しい。その詩は、一過性の物ではなく、後世にまで読み継がれるものであって欲しい。切磋琢磨して自分の詩を書くしかない。お前の詩は、白紙が最高傑作だ。
と言われないように……

## 季節の女たち（十二人の泳ぐ女）

一月の女　子・睦月　ガーネット
雪女のように肌白く怪しげな人
新年の気持ち新たに恋に邁進する女

二月の女　丑・如月　アメジスト
吹雪降る中、相合傘で愛情を確かめる
女。見返り美人のような女。

三月の女　寅・弥生　アクアマリン
雪解けで陽炎揺れ春を待つ女。
そよそよと風に吹かれ後れ毛優し

四月の女　卯・卯月　ダイヤモンド
桜満開　川べりに立つ桜色の女
散るも潔し　桜吹雪かな

五月の女　辰・皐月　エメラルド
　五月晴れ　こいのぼり泳ぐ大空
　テラスで恋人に筆とり恋文を書く女
六月の女　巳・水無月　真珠
　長梅雨に　しっとり濡れる肌合わせ
　てるてるぼうず　吊るす軒下の女
七月の女　午・文月　ルビー
　海辺にて　自慢の肢体　ビキニ姿の女
　恋人少したじろぎ他人の目　嫉妬する
八月の女　未・葉月　サードニックス
　真夏の太陽　小麦色の女
　失恋など入道雲に　乗せて連れて行ってと
九月の女　申・長月　サファイア
　初秋　色づく季節　わたし　どんな色に染まろ
　うかしら　それはあなた次第と告げる女
十月の女　酉・神無月　オパール
　錦秋の季節　秋深し　お洒落して
　銀座の和光で　ショッピングする女
十一月の女　戌・霜月　トパーズ
　晩秋　枯れ葉舞い散る　表参道
　センチメンタル　ＴＯＫＩＯの女
十二月の女　亥・師走　ターコイズ
　今年の総括は吉。クリスマス・イブも吉
　除夜の鐘聞き年越し。我が道を行く女
十二人の女たちは、それぞれの個性と、主義主張を持ちながら、自分サイズの価値観で、この世の中を危なげに泳いで、生きている。

# 摩天楼に咲く華

男は
黒いタキシードと
チョコレート色の
渋い蝶ネクタイに
身を包み
口髭を生やしている

隣には
着飾った
ブロンドの女
シャネルの
香水が
鼻孔を擽る

ジャガーを飛ばし
小雨降る夜
NYのホテルへ
ドアボーイの
白い手袋が伸び
扉が開く

女は
大きく
開いた
ドレスの
胸元から
たわわな
豊かな
胸を覗かせ
濃紺のドレスの足元を上げる
赤いエナメルの

ハイヒールが
雨の小粒に濡れて
光っている

パーティー会場
色とりどりの
女たちが
会場を蝶のように舞い
男たちは
女たちに
熱い視線を送り
グラスを空ける

ゴージャスな
シャンデリアが
宝石のように輝き
女たちを
一層
引き立てる

クリスタルの
冷たさは
シャンペンの冷たさにも似て
会場の熱気を
少し
緩和させる

男は
女に
手を差し伸べて
シャル・ウイ・ダンス

男と女の
輪が広がり
水中花のように
幾つも

会場に
咲き乱れる

ホテルの窓からは
摩天楼の夜景
エンパイア・ステート・ビルが
雨に濡れそぼっている
NYの甘美な夜

## 幻の演奏会

ここはドイツの
中世からの建物が数多く残る
ある都市
外は小雪が降り
木組みの家並みや
教会の屋根には
薄《うっす》らと
白い雪が積もっている

教会の鐘の
カラーン・カラーンという
歴史を重ねた音が
街に響く

近代的な
音楽ホールで
音楽会が開かれる

開演前のホールでは
老若男女の観客達が
着飾った衣装で
談笑に華が咲く
太い葉巻を吸う老人
葉巻の強烈な匂いが
周囲に漂う

男女の
片手には
白・赤の
ドイツワインが
ワイングラスに
揺れている

ドイツ人は
男も女も
飛び出た　高い鼻を持っている
東洋人にはない鼻だ
体格も良く
ドイツワイン
ドイツビール
フランクフルト・ソーセージ
肉とジャガイモ・チーズ
などのドイツ料理で
育まれた　体格なのだろう

わたしはひとり
ホテルから
和服に着替え
タクシーで

音楽ホールに出かけた

ホールでは
和服姿の日本人がいると好奇な眼で見られ
グーテンターク（こんばんは）と
声を掛けられ
ヤーパン・ヤーパンという声が
あちら　こちらから聞こえてくる
ロングドレスの
華やかな女性たちに囲まれ
日本の文化を伝える

開演五分前で
会場に入る
会場は　一、二階とも満席
わたしは
一階中央の指定席に座る

緞帳が上げられ
既に　オーケストラは
指定のパートに腰かけている
中央に黒い
グランドピアノが置かれている

舞台上手から
白髪の指揮者と
スタイルの良い
女性ピアニストが登場
割れんばかりの拍手が起こる
指揮者がオーケストラの
中央の一段高いステージに立つ
ピアニストが座る

会場は
緊張に包まれる
開演前に

ゴホン・ゴホンと
咳をする観客

今日のステージは
チャイコフスキー
ピアノ協奏曲第一番変ロ短調と
フランツ・リストのピアノ曲
ラ・カンパネラ

演奏が始まる
指揮者が
頭を左右に振り
タクトを楽団員に向ける

荘厳なる
チャイコフスキーの
ピアノ曲が流れているようだ
ようだというのは

わたしの耳には
一音も
聴こえてこない
まさか
このオーケストラは
エアーで演奏しているのか
隣の席の客に
尋ねてみようと
顔を向け
口を開けようとすると
唇に太い指を縦に一本当て
シーッと注意を促す

これは　本物だ
何故私には聞こえてこないのか？
左右の耳の穴を
指でほじくる
何か異物でも詰まっているのか

何もない

わたしは
九十分余りの
演奏会を
無音のまま
時間を過ごした

演奏が終わると
客席は
スタンディングオベーション
総立ちだ
ブラボー　ブラボー
という声だけが聞こえた
わたしは　ひとり
座席に座ったまま
茫然としたまま
戦慄の冷たい汗を流していた

アイネンシェーネンターク
（良い一日を）
ダンケシェン
（ありがとう）
チュース　（さようなら）と
満足そうな顔をした
観客たちは
家路へと帰ってゆく

わたしは
ひとり
下着に　汗を　びっしょり
濡らしながら
タクシーを拾い
ホテルに戻った

# パリ素描

私は日本のマドモアゼル
芸術の都　パリ
どこの街並みを切り取っても
憎らしい程　アートだわ
パリは
山手線の内側より
広いなんて驚きだわ
西岸海洋性気候なのね
住みやすそうね　住んでみようかしら

ここが　シテ島
パリ発祥の地なのね
ここには　ノートルダム寺院があるわ
最近、火事が起こり修復中
原因不明というわね
セーヌ河に　その姿を映した姿は
とても美しかったわ
パリは
ファッション・美術・演劇・音楽
どれをとっても最高レベル
わたしも
パリコレに出ても良い位
スタイル抜群よ　自信はあるわ
でも、運と才能が少し足りないだけよ
カルチェラタンを歩けば
ソルボンヌの学生が声を掛けてくるわ
シャンゼリゼ通りは
素敵なストリートね
世界の有名ブランドがあるわ
誰か私にプレゼントしてくれる
人はいないかしら

シャンゼリゼは、凱旋門のエトワール広場からコンコルド広場を結ぶ目抜き通り
マロニエの並木道ね
「世界一の通り」ですって
マドモアゼルは
世界一に弱いのよ
美術館も沢山あるわね
選ぶのが　超大変
ルーブルは　一日ではとても無理
モナリザとミロのビーナスだけで充分
やはり　本物を見ないといけないわね
画集や写真では　本物の味がつかめないわ
ビーナスは身体の線が　とても綺麗
マドモアゼルも　脱ぐと　凄いのよ
ビーナスと　比べてみる?

独り言を言っているわたしに呆れるわ
エッフェル塔は流石に重厚感があるわよね

東京タワーもいいけれど比べてみるとやはり違うわ。百年以上の重みの差かしら?　そもそもデザインが違うのよ。根本的に違うってこと。東京タワーは、スマートよね。

オルセーもロダン美術館も行きたいけれど今度にするわ。

さてと、パリを一望してみましょうか
標高百三十メートルのモンマルトルの丘。

高級キャバレー「ムーランルージュ」があるピカデリーから徒歩で登ってみますか?

高級キャバレーで雇ってくれるかしら?

東京のキャバクラで何の芸もないわたしは駄目よね。

さあて、登るか!　百三十メートルなんて訳なさそうだわ。結構きついわね。普段の運動不足がいけないのね。やっと着いたわ。

ワオ!　パリ市内が一望できるわ。パリを征服したみたい。素敵。エッフェル塔も見える。ここ

から見上げると白亜のサクレ・クール寺院がある。よく 絵描きさんが描いている寺院ね。パリに来た実感がするわ。

わたしのパリ
ジュテーム
トレビアン
メルシー
パリの風景は
私の脳裏にこびり付いている
風景と一体となり
生きている
パリの風景を
一枚一枚　切り取り
私の物にしたい
それは写真ではないのよ
本物の風景よ　どこに仕舞おうかしら?
そう、東京のワンルームマンションの押し入れにするわ。そこならいつでも好きな時に取り出して、思い出すことが出来るわ
飽きたら　ぽいっと　東京の空高く　ベランダから捨てるの
次から次へと捨てていったら
東京の街が
パリになるわ
そうでしょ
東京とパリが共存する。
東京都はパリの住民を移籍させる
労働力人口の増大で経済活動が活発になるのよ。
これってすごくない。
東京に
パリの香
おしゃれな　マドモアゼル
パリの伊達男が
下町を歩く
若者も御婆ちゃんも

ふりかえり
下町は
パリと化す
こうして
日本は
パリに
侵食されていく
無革命で
血を流さずに
日本の一画に平和裡に
パリが生まれる
それは日本にとって
パリにとって好ましいことなのか
わたしには
わからない
わたしは今日も
ベランダから
パリを
投げ続ける

セーヌ川が
隅田《すみだ》川に
合流して
東京湾に
注がれる
パリの風が
吹いている

# 第二章　散文集

# 魅惑のアルト・サックス

センターマイクに、スポットライトを浴びて一人の小柄な女性が立つ。

アルト・サックスを構え、その一音節を聞いて「おぬしやるな」と直感的に思った。それもその筈、彼女はNY在住のアルト・サックス奏者・寺久保エレナ様だ。童顔から繰り出されるその音色は、JAZZそのものだった。

いつの頃だったたか、テレビで彼女の活躍ぶりが報道されたことがあった。日本の若い女性が、外国でも並み居るジャズメンたちと堂々と渡り合っている。その童顔の容姿からは想像もつかないサウンドに驚かされた。

その彼女が、ニューヨークから、ここいわきの湯本温泉の旅館「こいと」にやってきた。

八月二十一日夜七時から一階バーラウンジに来て、最初のツアーが始まった。

Erena Terakubo QUARTET。

八月二十一日いわきからスタートして、仙台他の地で八月二十八日まで廻る。エレナ曰く「今日がいわきでの最初の演奏。思いっきり演奏が出来る。ツアーの後半になると、どうしても疲れも出てきてしまう」若くても、旅の疲れや、演奏の疲れが生じるのは、やむを得ないことだろう。そういう意味で、今日のベストコンディションの状況で聴けることは、誠に幸せなことである。

アルト・サックス寺久保エレナ。ピアノ片倉真由子。ベース金森もとい。ドラムス高橋信之介。各ミュージシャンともユニークなメンバーである。

リーフレットによると、エレナは一九九二年札幌生まれの二十七歳。六歳でピアノを、九歳からサックスを始めたという。

英才教育は、やはり幼い子供の頃からはじめないと芽が出ないのだろうか？　オヤジがこれから初めても、それは趣味の領域に過ぎないのだろう。

十三歳でボストン・バークリー・アワード賞受賞。

日本のトップジャズメンの渡辺貞夫・山下洋輔・日野皓正・向井滋春たちとの共演・セッションに多数参加。二〇一一年バークリー音楽大学へ留学（日本人初の授業料免除・寮費免除）。活動拠点をNYにする。またピアノの片倉もバークリー音楽大学・ジュリアード音楽院に留学。二〇〇六年には女性ジャズピアノコンクールで優勝。留学中よりハンク・ジョーンズらと共演。二〇〇九年ジャズディスク大賞ニュースター賞受賞。ベースの金森は、東京工業大学大学院卒業のエリート。卒業後もジャズベーシストの道を歩む。中国・泉州・上海・台湾などでも演奏活動をする。ドラムスの高橋はNYでも活動。帰国後、山下洋輔・小曽根真・秋吉敏子らと共演している。

寺久保エレナの生演奏を、NYに行かずとも、いわきで聴ける贅沢さを堪能することができた。寺久保は演奏中、大きく身体を前後左右に揺らすことなく、淡々と眉間に皺を寄せ情念を込めて、吹いていた。姿勢はあくまで真っすぐ。口を小さく膨らませアルト・サックスと向き合って真摯に演奏する姿が印象的であった。見る側からすると、身体をくねらせ、オーバーアクションすれば、演奏者と一体となって「ノリ」が生まれそうな気がしたが、彼女はそうではなかった。素人の私には分からないが、これが「正統派」の演奏法なのだろうか？　会場は四十名前後の観客達で埋まっていた。大ホールでなく、目と鼻の先で演奏を間近で聴くことが出来た。私は前から二列目の中央の席で、彼女の演奏を満喫できた。演奏者の息遣いが伝わる間近な距離で鑑賞できることは、この上なく幸せなことだ。

歌謡曲などのショーやライブでは、何千人・何万人という観客動員数を集めて開かれる催しも珍しくはない。一晩で何百万も稼ぐ歌手たちがいる。

武道館を満員にするタレント歌手もいる。一方で今日のライブのように数十名規模のものもある。この差は一体どうなんだろう。そもそも一般大衆に迎合する歌謡曲などとは、ジャズはコンセプトが違うのだろう。

だが、一方、私は以前、オスカー・ピーターソントリオやレイ・チャールズの新宿厚生年金会館（現在取り壊されている）での満員コンサートを鑑賞したことがある。これもまたジャズなのだ。

会場で観客達は、思い思いの飲食物などを口にしながら、演奏を楽しんでいる。私はオンザロックを飲みたかったが、車で来ているので、ジンジャエールにした。ピアノの繊細で軽快なアップテンポと、ベースの長い弦の重厚な調べとドラムスの太鼓とシンバルの激しい絡みで、アルト・サックスが強烈な色と響きを放つ。全身の細胞が活性化する。アドレナリンも最高潮。ジャズで幸福感を満喫する。

サックスのパーツの数は、六百にも及ぶという。これらを操り、無から有を生みだす。寺久保のテクニックも凄い。身体がサックスフォンと一体になっている。興に乗ると、指を押さえて音を出すのではなく、右手の指先の腹で、サックスの下の部分のタンポ（丸い蓋）を叩き、音を出す。アドリブなのか、自由自在の音域が頭の中にあるのであろうか。爆発的なパワーでジャズがいわきの暗い夜空の街に流れる。ここはＮＹではない。ＩＷＡＫＩだ。

エレナのオリジナル曲「ＬＩＴＴＬＥ　ＧＩＲＬ　ＰＯＷＥＲ」も演奏された。演奏者たちと観客が一つになりサウンドを楽しむ。これがまさに音楽である。

約二時間余りのライブは終了した。

私はＣＤを一枚求めて帰宅の途に就いた。演奏前は、雨も降っていなかったが、会場を出ると、外は凄い豪雨になっていた。

母とライブに同行する予定でいたが、母の体調が優れず、今回は行けなかった。母には、このライブの熱さをＣＤで聴いてもらおう。

二〇一九年八月末

# いわき湯本温泉

福島県いわき市にある湯本温泉。この温泉は、千有余年の歴史を有する。日本三古泉（湯本温泉・道後温泉・有馬温泉）の一つである。また、月岡温泉・磐梯熱海温泉と並んで「磐越三美人湯」の一つでもある。

年間の来場者数は、日帰り客を含めて三十一万六千九百四十四名を数える（平成三十年度）。

湯本温泉は、豊富な湯量で、毎分五千リットルを誇る。温泉は硫黄泉。源泉は摂氏六十度。神経痛・皮膚病・高血圧などに効能がある。各旅館などには、温泉保養士がいるところもある。

特筆すべきは、他の温泉地では見られない馬の温泉がある。日本中央競馬会競走馬リハビリテーションセンターである。

駅前には足湯などがあり、無料で足湯を楽しめる。商店街には、ブロンズ通りがあり、彫刻九体が展示されている。ベンチに座っている「トランペットを吹く人」「ワンモア・タイム」など黒川晃彦氏の作品が並ぶ。

箱根彫刻の森の美術館は本格的な彫刻群であるが、温泉街にこのようなプチ彫刻群があるのは珍しい。

街中には、野口雨情記念湯本温泉童謡館がある。「赤い靴」などの童謡で知られる野口雨情が病気治療の為、湯本温泉を訪ねていたことがあった。常磐炭鉱華々しき頃の、銀行の建物を再利用したレトロの童謡館である。館内には「郷愁と童心の詩人」野口雨情の資料などが展示されている。ここは、朗読会やミニコンサート・カルチャーサロンなど多目的に市民に開放されている。東経大の池永秀子先輩が、長いこと絵手紙を市民に教えていた。

その他、草野心平の碑がある温泉神社が丘の上にある。

純和風温泉旅館の松柏館は、江戸末期、大名の宿泊する本陣として指定された格調のある宿である。母も三菱金属（株）の稲井好廣会長たちと東京在住時にこの旅館に宿泊したことがある。

私は日帰り入浴で、時々利用している。

また、スパリゾートハワイアンズは、映画「フラガール」で知られている。常磐炭鉱廃坑後に生まれた温泉である。世界最大の露天風呂がある。東京駅・新宿駅など首都圏から無料の送迎バスが利用できる。商魂逞しい。また、ペットと一緒に宿泊できるスパホテル・スミレ館もある。その他、大小四十有余のホテル・旅館がある。

平成三年、私は東京からいわき市に転勤してきた。三菱マテリアル（株）の工場移転で、いわき製作所に勤務していた。会社帰りや休日には、湯本温泉に車で出かけた。源泉のお湯で一日の疲れを癒したものだった。当時、市営の古びた共同浴場は、六十円で入浴できた。その後、平成八年秋頃市営の「さはこの湯」が建設された。鉄骨造地下一階、地上四階建。江戸末期の建物様式を再現したものだ。

「ここは湯の幸。幸せいっぱい「さはこの湯」」とある。いわき湯本温泉は、歌枕の舞台でもある。「あかすして　わかれし人の住む里は　さはこのみゆる　山のあなたか」と西行法師に詠まれている。

以前入浴料は百五十円だった。現在は二百三十円に値上がりしている。「さはこの湯」には、時々、家族を連れ、また東京からの友人を連れて来ることがある。彼らには大変喜ばれる。効能は、皮膚病・婦人病・糖尿病・高血圧などにある。私も毎日入浴すれば、薬に頼らなくても温泉治療ができる。だが、現実は二か月に一度くらいしか利用していない。もったいない話である。この共同浴場は、檜の大きな風呂場と岩風呂がある。曜日により男女交代制で入浴できる。その他、家族風呂がある。一度家族風呂を見学したことがある。身障者たちが入浴するには、手すりが不十分な為、市会議員に陳情して、みんなが安全に入浴できるためにも、手すりを増設してもらった。母親は足が不自由のため、手すりがないと入浴できないので陳情したのだった。完成後、一年以上経つが未だ利用したことがない。今度利用してみたい。

家の近くに、このような歴史ある湯本温泉があることは、大変贅沢なことである。

その気になれば、いつでも利用できる。わざわざ遠方の温泉地に出かけなくても済むわけだ。だが、現実はなかなか出かけられない。日常の雑用や仕事・介護に追われ、心の余裕や出かける時間がないのだ。

姉が生きていた時には、湯上りに近くの寿司屋に入り、皆で食事を楽しんで帰宅したものだった。

今は年老いた母と、湯の岳へのドライブの帰り道に、湯煙の湯本温泉に立ち寄って、食事をとるぐらいだ。

東日本大震災の３・11以降、復興バブル・原発バブルが表面化して問題となっている。原発事故に伴う東京電力の賠償金問題などだ。原発地から三十キロ圏内の住民には、平均六千万円から一億円以上が支給される。三十キロ圏外の住民には支給されない。そこで格差・貧困の問題が生まれた。いわき市では、その境界線上の住民は、やるせない心境に陥る。賠償金を得た者は、一時、湯本温泉で毎晩のように、コンパニオンなどを呼び、どんちゃん騒ぎを繰り返していた。また、高級車を乗り回している者もいる。こうした行動様式が、持たざる者の反発を誘発する。いわき市民たちとの間で、格差トラブルが発生した。避難民は、いわき市から出て行け！　などと声高に叫ぶ者も出た。また、いわき市の土地が高騰するバブルが発生した。金と欲の問題は、人間の性なのだろうか。私の住む湘南台の家は、家の損壊もなく、原発地から五十二キロ程離れている。三月末には、放射能を逃れて、東京に自主避難した。六年目に安全・安心が確保されたと判断して、母といわき市へ戻ってきた。だが、原発事故への恐怖心は未だに消え去らない。原発の廃炉や核燃料の廃棄・放射能を含んだ廃棄物の処置・排水処置など抜本的解決策が見いだせない現状を憂いている。原発問題が風化されないことを祈る。

先日も、源泉かけ流しの湯本温泉にどっぷり浸かりながら、昔日の回想に耽っていた。

時の移り変わりの速さに流されて、今日も一抹の不安を抱えながら生きている。

二〇一九年　晩秋

# 昭和元禄新宿考　初恋編

私はこの街で生まれこの街で育った。正確には、昭和二十七年春に目黒から新宿に移り住んだ。自宅は百坪余りで閑静な屋敷町にあったが、歌舞伎町にも比較的近かった。

この街に私は四十三年間住むことになる。それまでは、親父の実家目黒区に住んでいた。だが、目黒の記憶はほとんどない。従って戸籍上は兎も角、私は新宿で生まれ育ったようなものである。

私には両親の他、四歳上の兄・昭生と三歳上の姉・保子（佐知）がいた。

幼稚園は、新宿紀伊国屋社長・田辺茂一も通学していた高千穂幼稚園だった。だが、甘えん坊の私は、幼稚園の門をくぐり教室に入るや否や、幼稚園迄送りに来ていた祖母や母の元へ一目散に駆け寄り、登園拒否の問題児だった。そのような行動が続き、結局、三週間もしない中に幼稚園を自主退園してしまった。

天神小学校の一年生の時、体育の時間だったか、運動会の予行演習の時だったか定かでないが、何故か教室にひとり残っていた私を、担任の女性教師が私を見つけ、私に近寄り、いきなり右頬を平手打ちした。右頬が熱く燃えていた感触を今でもはっきり思い出す。親にも手を上げられたことがないのに、初めての刺激的な洗礼を受けた。きっと、私が集団行動に反したことをしたのであろう。当時は、教師の権威が強く、体罰もそれほど問題視されていなかった時代でもあった。だが、私は長い学校生活の中で、教師に手を上げられたことは、この時が初めてであり、それ以降はなかった。

私は昭和二十二年生まれの団塊世代。子供のころから、折々に触れ競争社会が叫ばれていた。受験・就職・結婚など人生の節目に於いて、他の世代に比較してライバルが圧倒的多数を占めていた。今では、到底考えられないことであるが、中学浪人も出た時代であった。そうした社会状況の中に置かれていても、私はのんびりとマイペースの生活を送っていた。

　初恋とは、何と響きの良い甘い言葉なのだろうか。初恋とは、初めて異性として恋した人のことを言うのだろう。相手がどう思うと、一方的にこちらが恋心を寄せる人を初恋の人と呼んでもいいと思う。淡い片思い程やるせなく切ないものはない。私は小学校四年生の時に、同じクラスの色白の女の子Tに恋をした。私は余りにも幼く、恋のこの字も知らなかったが、彼女を見ていると胸のざわめきを覚えたものだった。これが恋なのかしら？　異性にこのような感情を抱いたのは初めての経験だった。二人で手をつなぐこともなく、会話もひとことふたこと交すぐらいで、勿論、家などに遊びに行ったこともない。教室でただ彼女の姿を遠くで見つめているだけでも幸せな気分になれた。そんなTも父親の転勤で二学期に転校してしまった。

　黒板の前で、スカートを穿いたTは、みんなに小さな声でお別れの挨拶をした。私はクラスメートに知られぬように、悲しみを抑えていた。これで明日からTに会えないと思うと無性に寂しさが湧いてきた。もうこれで一生会えないかと思うと、子供心にもTとの別離がとても切なかった。人生には、辛い別れと明るい出会いがあるものだ。あれから何と半世紀以上経つが、当然音信も不通だし、生存も確かめようもない。私の中で、当時のTの残像だけが、今もはっきりと生きている。

令和元年　初夏

# 中国の旅

巨大国家・中華人民共和国。人口十四億人。今後、日本と同様に、高齢化と少子化が進んでゆく。労働力人口の低下は、経済成長にも影響を与えてゆくであろう。面積は日本の二十六倍、途轍もなく広い。国民総生産（GDP）は日本を抜いて、米国に次ぐ世界二位。近年、中国は急速に経済成長を遂げている。軍事費でも国民総生産の1・3％の一九・八兆円。因みに、日本はGDPの1％以内。だが、日本は今後五年以内に1・1から1・3％を目標にするという。防衛費の拡大は反対である。武力で武力を抑えることは邪道である。いずれエスカレートして泥沼化してゆき、何の解決策にもならない。防衛産業を潤すだけだ。

むしろ、防衛費の削減額を社会福祉費などに回した方が、どれだけ国民にとって有益なことになるだろう。為政者には、真摯に理解してもらいたい。高度な政治判断ではあるが、単純なことでもある。

中国は軍事大国に向かってゆくのだろうか？　一方、公害・人権問題・民族問題・自由と民主主義・知的財産権など多々問題が山積している。共産主義社会の中でも、これらの諸問題を程度の差こそあれ解決できると思うのだが……。大国として、国際社会に於ける基本的ルールだと思う。中国には、世界基準が求められるのだ。

世界は中国台頭の大きな潮流の中で、その存在を無視することはできない。米中貿易摩擦もあり、世界経済に与える影響は、計り知れないほど大きい。

私は、こうした背景のある中、一人中国へ飛び立った。二〇一九年九月十八日から九月二十三日までの日程だった。いわきに同居している母を、ショートステイに一週間預けた。

中国訪問の目的は、山東大学に於ける第一回国際シンポジウム「多文化研究と学際的教育」への参加だった。主催：山東大学外国語学院・中日韓合作研究中心。

私は九月十九日から二十日まで参加した。この催しへのお誘いは、当時国立愛知教育大学大学院教授である時衛国《じえいこく》氏からの推薦だった。時教授から出来れば、母にも出席頂けないかと打診があった。旅費・宿泊費は、大学で負担する準備があるという。大変ありがたいお誘いではあるのだが、母は百二歳と高齢であることと、中国への長旅は、身体的に無理と判断して、断腸の思いで辞退させて頂いた。母も大変残念がっていた。

　私のパスポートは期限が切れていて改めて十年のパスポートを申請した。母のショートステイの準備及び私の旅行準備に多くの時間を費やした。

　いわきから十七日の夜、高速バスで、東京へ出発。当日は、東京でホテルに宿泊。翌日、羽田から全日空991便13時05分発で関西空港に14時30分到着。関西空港を利用するのは初めてだった。私の眼には、関空は外観的には殺風景な空港に映った。雨の降る中、午後16時50分、関空を飛び立ち、日本を離れ済南空港に向かった。雲海の中、19時20分済南空港に到着した。羽田から済南迄の直行便がなく、関空経由で済南迄来た。既に夜となり、空港の灯は明るく燃えていた。到着ロビーでは、山東大学の男女学生が数人出迎えに見えていた。私は、日本から同機で到着した愛知教育大学・近畿大学・韓国の若い先生たちと合流した。空港到着ロビーで、彼らと名刺交換をした。

　学生たちが準備してくれた大学のマイクロバスに乗り、市内のホテルまで案内された。夜、道路を走る車の数も多く、その運転が怖かった。道路には、至る所カメラが設置されていた。車が通過する度に、ピカッとフラッシュが光る。監視カメラの存在を意識せざるを得なかった。昨今、日本でも防犯カメラが普及して街中に設置されている。防犯に役立っているようだが、肖像権やプライバシーの侵害などもあり、余り気分の良いものとは言えない。その功罪が問われるところである。

　当初、大学に隣接したホテルに宿泊する予定でいたが、急遽「済南藍海大飯店」ＢＬＵＥ　ＨＯＲＩＺＯＮホテルに変更された。学生たちの案内で、チェックインを済ませた。宿泊前に手付金を要求された。私はＤＣカードを提示したが、使用できなかった。私は羽田空港で予め中国通貨に六万円分を両替えしていた。その通貨で支払った。同行していた先生たちもカードが使用できると思っていたので、両替をしていなかったようだ。中国の学生が、フロントと交渉してチェックインが出来た。翌日、彼らは銀行で両替をする予定でいる。

　部屋に入ると、ツインベッドがデーンと置かれ、豪華な部屋だった。一人で宿泊するのがもったいないと思った。シャワーを浴びてから、暫くテレビなど見て休み、レストランで夕食を済ませた。

　旅の疲れもあって、異国の地で朝までゆっくりと睡眠がとれた。

　朝七時、バイキング方式の朝食をとる。日本からの先生たちも既に食事をとっていた。八時前にマイクロバスで、彼らと山東大学へ向かった。十分足らず走って、大学の構内に入った。山東大学は、北京大学に次ぐ、歴史のある教育系の大学である。広い敷地には、大きな木々の中に幾つもの高層の校舎が立っていた。生徒数は何と六万人を数えるという。日本の比ではない。マンモス大学である。

　今年創立百周年を迎え、校舎の中には、記念の立派な高価な置物などが寄贈されていた。

　校内には、軍服姿の男女の姿が見られた。何だ、これは？　あちらこちらにも小さな集団が校内を自由に歩く姿が見受けられた。学問の自由な教育現場に、官憲？　の支配が及んでいるのか。それは日本的な見方だとそう感じるが、ここは中国なのだ。後で聞いて分かったことなのだが、軍服姿の学生たちは、新入生であり、二週間余り教育を受けるそうだ。これは、天安門のあの事件後に各大学などで実施されているという。革命分子を抑え規律を重んじることを重要視しているのだろう。

　マイクロバスは、講堂のようなある校舎に横づけされた。外には国際シンポジウムの垂れ幕が飾られていた。中に入ると、受付の女子大学生たちが、数人笑顔で迎え入れてくれた。二つのテーブルの上には、シンポジウムの資料と首から下げる名札が置かれ参加者に配布された。教室の中は、百名以上収容できる広さだった。特に座席も決まっていなくて、マイクロバスから降りた先生たちと一緒に前の座席へ座った。我々より前に入場している人たちもいた。

　十時から開会式が行われた。十名程の中国・日本の先生方が壇上で紹介された。山東大学副学長はじめ、日本ペンクラブ常務理事野上暁氏・中国社会科学院日本研究所長高洪氏・日本翻訳協会常務理事叶谷渥子女史・中国日本文学研究会副会長・大東文化大学田中寛教授・日本計量国語学会会長・日本大学教授荻野綱男氏・日本文法研究会会長大東文化大学名誉教授高橋弥守彦氏など。

その後、講堂の前で記念撮影が行われた。私は一番後列で待っていると、カメラマンが後方の方、前に詰めて下さいと言われ、前から二番目の中央で撮影することになった。男女合わせて総勢八十名弱の撮影だった。その後午前・午後にわけて研究発表が行われた。一例をあげると、建内高昭氏の「異なる難易度の文における読解力について」。荻野綱男氏の「データーサイエンスと学際研究のあり方——計量言語学と社会言語学の視点から」。田中寛氏の「乱世の時代を生きる文学——高橋和巳の文学と思想」などの発表があった。総じてアカデミックな学会発表だった。

昼食は、教員用の食堂でとる。一階は学生食堂で、三階だったたか？　そこは教員用の食堂。個室の部屋も何部屋か準備されていた。予め購入したチケットを受付の女性に渡し、我々は大部屋の食堂で、バイキング方式の食事をとる。大きな四角い椅子は、立派で白いクロスが張られている。やはり学生食堂とは異なる。スープはじめ野菜・肉・魚・チャーハン・デザートまである。珈琲も食後に飲める。

午後の分科会を終え、夕食も同じ食堂で食べた。ビールの一杯も飲みたかったが、誰もアルコールは飲んでいなかった。食事を終えて、マイクロバスで、ホテル迄送ってもらった。ホテルから一人出て、夜の街を三十分程散歩した。ここが中国かと改めて周囲の人たちや建物など、街の様子を興味深く眺めていた。歩道を無灯火の小型バイクや自転車が速いスピードで通り過ぎてゆく。九時を過ぎているのに大きなスーパーマーケットが開いていた。中に入ると、一階は食料品や衣料品などがある。二階は紳士服・婦人服売り場・スポーツ品売り場などがある。建物は古いが、綺麗にレイアウトされた店が並んでいる。私は一階でビールと酒のつまみを買ってホテルで飲むことにした。疲れていたせいか酒の酔いも早かった。ほろ酔い気分で眠りについた。

翌朝は、昨日に引き続き、済南の空に青空が広がっていた。今日もマイクロバスで送迎がある。今日は私の発表が朝一番にある。紺のスーツに身を包み、少し緊張気味であったが、発表は教員時代から比較的慣れているので、平常心を取り戻していた。

私の発表は、「私の家族と文学　家族の肖像」である。八時五十分から三十分弱講演した。身近なテーマを発表したので、原稿をほとんど見ずに発表できた。その内容は、左記に記載する。

プロジェクターを使用しての発表であればより分かり易かったという反省があったが、著書や写真の提示などで補った。

## 私の家族と文学――家族の肖像

私の家族には、三人の文学者がいる。母・田中志津は、一九一七年新潟県生まれ。日本文藝家協会に二十五年以上所属する現役の百二歳の作家である。また、亡き姉・田中佐知は、東京都出身の詩人でエッセイストである。二〇〇四年五十九歳十か月で永眠。没後、十五年経つが、毎年新刊本が刊行されている。このことは、私の知る限り文学界でも稀有な存在である。二〇一九年迄、詩集・随筆・写真詩集・絵本詩集・遺稿集・文庫・全集などを含めて十六冊目の刊行となる。

私は日本文藝家協会並びに日本ペンクラブ会員として作家活動を続けている。二人に比べれば、文学者と言っていいものかどうかは別にして。

田中志津の処女作は、小説『信濃川』（一九七一年）である。直木賞作家和田芳恵は、帯文で「小説とは本来こういうものである」と高く評価している。この小説は、日本の映画会社と盗作問題で話題となる。母は、東京・新宿の自宅で、朝日・読売・毎日新聞の記者に連絡をとって、記者会見を開いた経緯がある。全国紙に報道された。これを契機に母は、著作権協会並びに日本文藝家協会に入会した。また、母の随筆日記『雑草の息吹』が、郷田悳《とく》により「今日の佳き日は」としてドラマ化、NHKで放送された。私の家族は、父親の二十年にも及ぶ長年の酒乱生活に戦き、翻弄され、苦渋の思いを強いられた。そうした家庭環境の中で、母は逆境をバネに文学の道に突き進んでゆく。『冬吠え』は地獄絵さながらの酒乱生活の中から生まれた作品である。

母は一九三三年三菱鉱業（株）佐渡鉱山に女性事務員第1号として入社。鉱山で七年勤務した。当時は、佐渡金山の隆盛から凋落に向かう時期であった。佐渡金山四百年の歴史を描いた作品が『佐渡金山を彩った人々』である。現在、佐渡金銀山は、世界文化遺産の暫定登録になっている。母の健在中に本登録を願っている。佐渡金山には、「佐渡金山顕彰碑」として二トンの金鉱石と並んで母の文学碑が建立されている。その他に文学碑として、新潟県小千谷市に「田中志津生誕の碑」がある。また福島県いわき市にも「歌碑」がある。

姉・佐知は『冬吠え』と『佐渡金山を彩った人々』の全編をＦＭ放送で朗読した。全集『田中志津全作品集』上・中・下巻は盲人用にも点字翻訳本となった。その他、随筆集『年輪』短歌集『雲の彼方に』など多数ある。二〇一九年『親子つづれの旅』が母と私との共著で刊行された。

二〇一八年四月四日付中国の週刊誌「中華読書報」には、日本の高齢作家田中志津の記事が掲載された。母・姉・私の紹介も細かく掲載され、中国の国民にも私の家族の存在を知って頂いた。この陰には、元・国立愛知教育大学大学院教授時衛国氏のご尽力があり感謝申し上げたい。

フランスのエスパソ・ジャポンで、一九九三年九月「親子三人展」が開催された。母は「私の人生と小説」を同時通訳で講演した。波乱万丈の生活を語り観客達の涙を誘った。また姉の佐知は、日本語で自作詩を朗読した。予めフランス語で観客達にレジメを配布していた。ＢＧＭでショパンのピアノ曲を流した。朗読が終わるとトレビアンと客席から喚声が上がった。姉は日本の心・詩が理解され伝わったことをとても喜んでいた。

私は油絵・水彩画・写真を展示した。一つの会場で、ジャンルの異なるクロスオーバーした世界を創造することが、パリでのコンセプトでもあった。

私の水彩画に興味を示して購入したいという観客もいたが、非売品扱いにしていた為売却できなかった。だが、異文化の人たちにも芸術を理解してもらえたことが嬉しかった。

姉の詩に絵を添えて絵本詩集『木とわたし』が刊行された。この本は、福島県立あさか開成高校の読み聞かせサークル「オイガ」により英文化されフィリピンの子供たちに読み聞かせが行われた。彼らの活動内容が、日本の高校一年生用の英語の教科書に紹介された。

姉は朗読を各地で開催していた。一九九六年一月東京俳優座での岩波映像社長との自作詩朗読はCD化された。

姉の詩集『砂の記憶』と『見つめることは愛』は、韓国語に翻訳され、二〇〇七年バベルコリア社より韓国で出版された。日本の韓国大使館にも寄贈され御礼のお手紙を拝受した。日韓交流に寄与できた。

『田中佐知絵本詩集』は、いわき市で韓国の女子高校生により韓国語で朗読が披露された。

姉の詩が、二〇一八年、混声合唱組曲「鼓動」・「愛」として森山至貴《のりたか》により作曲された。また、現代音楽「孤独Ⅰ・Ⅱ」が荒川誠により作曲された。

二〇一九年、姉は生誕七十五年を迎えた。私は没後の姉が「今を生きている」という実感を抱いている。

田中佐知のことをある出版社の社長には、「五十年に一人出るか否かの詩人である」と高く評価頂いている。

福島県いわき市には、姉の代表作『砂の記憶』の「詩碑」と母と私の「歌碑」三基の文学碑が建立されている。

未来への可能性を秘めた佐知の死が、不条理で至極悔やまれる。

田中佑季明は、本格的に文筆活動に取り組み始めたのは、三菱マテリアル（株）退職後からである。退職後は、姉の全集・母の全集や著書などに精力的に取り組み、一応の目途がつき、自分の作品にやっと着手できた。二〇一三年『ある家族の航跡』を編纂。家族全員の随筆・短編小説・詩・

シナリオ・写真など多彩な作品のエッセンスを凝縮した。直木賞作家志茂田景樹は、帯の中で「この書から立ち上がる真摯でしなやかな家族像に、読者は家族のありように理解を深めるに違いない」と結ぶ。その他、母との共著及び姉との写真詩集でのコラボと単独の小説・詩・随筆など十一冊の著書を刊行してきた。今後も時間との闘いの中で、納得のゆく作品を生誕させてゆきたい。

「私の家族と文学―家族の肖像」を縷々述べてきた。日本語という一言語に留まらず、中国語・韓国語・英語・フランス語など多言語による文化・芸術・学問の交流により、相互理解と世界平和に結び付けば大変名誉なことである。

　山東大学「多文化研究と学際教育」に微力ながら寄与できたとすれば、大変本望である。

二〇一九年十月十日

　この原稿は、『山東大学多文化研究論集』（暫定）として二〇二〇年に発行予定。

国際シンポジウムに参加した日中韓の学者の先生方と一緒に掲載される予定である。論考は母国語で各自発表される。委員会で一部編集が入るかも知れない。

国際シンポジウム準備委員会では、韓国・日本・中国の学術交流の国際化や文化の相互共有への貢献だと理解していると語る。

その他の発表者には、ドイツ人の男性教授もいた。ドイツ語での発表だった。学生時代ドイツ語を履修していたわが身だが、忝《かたじけな》くも理解できなかった。今村健一郎氏の「日本に於ける哲学研究――その実情と意義について」等々。シンポジウムの冊子資料には、各発表者のレジメが記載されている。

　分科会に於いては、活発な質疑応答がなされた。私の隣に座っていた日本人の大学教授は、発表者の九州大学の女性准教授李女史に中国語で鋭い質問を浴びせる。発表者は、中国語でプロジェクターを使用して、グラフや英文を挿入して熱心に説明していた。学会の発表とは、こういうものなのだなと感心した。発表のテーマは、「世界公民教育的第二言語教育」。九州大学的教学実践例である。

日本の教授曰く「ここでの課題を列挙しているが、この課題をどのように解決してゆくのか、具体的に説明して欲しい」と問うていた。

それに対して、予想外の質問だったようで暫く考えて縷々説明していたようだが、教授はあまり納得していないようだった。講演後、私は准教授に「よく詳しい内容で発表されましたね。このシンポジウムのために資料を纏めたのですか？」と尋ねると、いえ違います。予てから研究していたテーマであることを教えてくれた。彼女は中国人で、九州大学の教員募集に応募して准教授となった。小さな子供もいるという。子供は勿論中国語も日本語も話すが、日本語は小学校前なので文法はよく分からないという。私は持参していた姉の絵本詩集『木とわたし』を寄贈した。彼女は本を開いてその詩の素晴らしさと絵の美しさに感動してくれた。子供に是非読んで聞かせたいと言ってくれた。私も姉の本が役立つことがとても嬉しかった。本と言えば、私は姉の本を四冊程持参していた。韓国版『砂の記憶』『見つめることは愛』の二冊。現代詩文庫『田中佐知詩集』それと姉の俳優座での朗読CDである。愛知教育大学准教授の韓国人女性梢女史と韓国人の山口県立大学教授林女史にも韓国版の詩集を差し上げ喜ばれた。「先生頂いてよろしいのですか？　研究費で購入させてもらいますよ」と愛知教育大学の先生は言って下さったが、寄贈させて貰った。また、食堂で中国人の先生が、「田中先生のご家族は、幸田露伴のご家族のようですね」と声を掛けてきた。私の講演を聞いてそんな印象を持たれたのであろうか。手元にあった姉の現代詩文庫『田中佐知詩集』と俳優座で収録した姉の朗読CDをプレゼントさせて頂いた。とても喜んでくれた。また、白城師範学院の木下瞳先生には、日本の実家に来年一月に帰省するので、愛媛県松山市に現代詩文庫『田中佐知詩集』を贈って頂きたいと言われ、帰国後送付することにした。

姉もきっと異国の地で、このようなご縁で自分の作品が多くの人たちに読まれることを喜んでいることだろう。そう信じたい。

午後五時から閉幕式が行われた。

愛知教育大学教授・南山大学教授・青島大学教授・明海大学教授など十名の挨拶が壇上で行われた。私も今回の国際シンポジウムへ参加させて頂いた感想を述べた。


九州大学准教授・愛知教育大学教授・大東文化大学名誉教授・山東大学教授・山口県立大学教授・白城師範学院教師・日本ペンクラブ常務理事・日本翻訳協会常務理事等々多くの先生方との交流を持てた。

この度の、シンポジウムに参加させて頂き、とても貴重な経験をさせて頂いた。時衛国先生にはとても感謝している。


ホテルに戻り、ロビーで青島大学教授のお誘いで、近くの居酒屋に出かけた。夜の七時を廻っていた。同行したのは私の他に、大東文化大学教授田中寛氏とその教え子の二十八歳の童顔の中国人女性だった。彼女は日本へ留学後、現在中国の大学の研究員として勤務している。ホテルから四人連れだって徒歩で居酒屋を数件探した。歩道を歩いているのだが、後方から音もなく電気自転車が猛スピードで通り過ぎてゆく。それも無灯火がほとんどだ。

恐ろしい。歩道から信号が青になって横断する時も、注意が必要だという。田中教授も何度も訪中しているそうだが、信号機を信じない。車が信号機を無視して走ってくることがあるからだという。人を先に歩かせてから、自分は安全を充分確認して横断するという。まだまだ、日本に比べると、国民のモラルや交通規則に対する意識が低い。

居酒屋は、金曜日とあってかどこも若者たちで賑わっていた。青島大学教授が、ビール六本とつまみを店員に注文した。冷たいビールが籠に入ってテーブルの下に置かれた。早速乾杯！　テーブルの上には枝豆と焼き鳥が人数分盛られていた。焼き鳥は上等品のようでやわらかくてとても美味しい。デザートにスイカが出た。我々は、大学の食堂で既に夕食を食べているので、おなかは充分満たされていた。中国のビールは、ライト感覚でとても飲みやすかった。異国の地で、初めて会った教授たちとこうしてグラスを重ね談笑できる喜びを感じた。可愛いプリントの半袖のTシャツを着た童顔の研究員は、既に結婚をされているという。どうみても高校生のようなキュートな娘さんだ。彼女が言うには、中国の居酒屋では、コップや容器は全てプラスチック製を使用している。理由は客同士が喧嘩をした時に、ガラスと違って割れない。怪我をしない。低コスト。そんな理由からだと言う。成程、合理的な理由だ。また、研究員は田中教授の中国語を今回のシンポジウムで初めて聞いたと言う。教授は普段中国語を話さないそうだ。しかし、奥様は中国の物理学者でモデルのような長身美人。田中教授は失礼ながらイケメンではない。むしろ……。人生分からないものである。恋は不思議な魔物である。青島大学の教授は、二年後に青島大学で二回目の国際シンポジウムが開催されるので、是非来訪して欲しいと言われた。熱烈歓迎すると自信のほどを見せた。検討してみたいと思った。居酒屋の会計は、青島大学の教授に支払って頂いた。御礼を申し上げホテルに戻った。山東省・済南最後の夜であった。ホテルの窓からは、建物の灯が揺らいでいた。

翌日、ホテルには学校が用意してくれた黒塗りの高級外車アウディーが停まっていた。

ＶＩＰ扱いされ嬉しかった。山東大学の女子学生二人が、ホテルの玄関で見送りしてくれた。私と昨日ご一緒した研究員の女性と二人、済南空港まで行った。私は北京空港まで一人で行く。彼女は他の空港まで行くのだが、北京空港行きのゲートまで案内してくれた。出発ロビーで二十分位談笑することが出来た。彼女の父親は、タンカーを持っている富裕者だ。娘に中国の高層マンションの最上階を買い与え、尚、もう一つ学校の近くのマンションを持っているそうだ。携帯に収められているそのマンションを見せてもらった。海の見える高級マンションで眺望がとても良い。まさに億ションなのだろう。彼女はとても家庭環境に恵まれている。父親は旅行が好きで、韓国・台湾などに行き娘に運転させて観光地を廻るそうだ。彼女は、公務員試験は易し過ぎて受験しないと豪語する。大学の研究職の方が面白いという。頭の良い女性だ。私の中の中国人の概念から外れた、とてもユーモアのあるキュートで笑顔を絶やさない魅力的な娘さんだった。機会があれば、また再会したいものだ。彼女に御礼を言って、ゲートに入った。

私はCA中国国際航空1151便10時50分発北京行きに搭乗した。飛行機は中国人でほぼ満席だった。12時05分北京に着いた。ここが首都の北京か！　少し心が躍った。私はホテルまでタクシーを利用しようと思ったが、地下鉄を選択した。地下鉄の方が料金も安くて、面白そうだったからだ。だが、切符の買い方も分からない。窓口でホテルに近い建国門駅を名乗り切符を求めたが、その駅までは売ってくれなかった。要するに、その地下鉄の終点駅までの切符で、目的地には乗り換えて改めて切符を求める様だ。地下鉄に乗るときは、入口で手荷物検査を受ける。テロ防止なのだろう。空港ではお決まりの手続きだが、地下鉄でも徹底した検査を受ける。

検査をパスして、初めて地下鉄に乗ることが出来た。地下鉄を乗り換えて、漸く目的地のホテルニューオータニ長富宮に到着した。ほっとした。十七階の高層の部屋は、ツインの部屋だった。一泊二万円を超える部屋だ。バスも広く湯船にゆったりと浸かることが出来る。やはり日本人は、シャワーでなく、湯船にどっぷり浸かりたい。贅沢なホテルの部屋で休むのもよかろう。自分へのご褒美と気持ちを切り替えた。高層ビルディングのホテルの窓から見る風景は、流石首都の北京だけのことがある。大きなビルディングが乱立していた。ホテルのバーにでも行ってみようかと思ったが、言葉の問題もあり、取り止めた。冷蔵庫にあるアルコールに手が伸びた。

北京では、アクシデントが待っていた。それは北京での観光旅行がキャンセルになってしまったことだ。山東大学に滞在している時に、山東大学の教授から日本の旅行会社からメールが届き、私の観光旅行がキャンセルになった報告を受けていた。私は携帯電話を持参していなかった。キャンセルの理由は、中国七十年の建国の年で、国慶節が盛大に行われるためだという。一週間前から、地下鉄や道路・観光地への人の制限が加えられるとのことだった。私は故宮博物館・万里の長城の観光や本場中華料理の食事を大変楽しみにしていた。日本滞在中は、旅行のキャンセル話は一切なかった。予め分かっていれば、何も北京へ滞在する理由はなかった。どこに不満をぶつけたらいいのか分からない。国家権力に抗議してもナンセンスだ。折角北京に来て、高いホテル代まで支払って宿泊しているのに不満は募るばかりだ。しかし、決まってしまったものは仕方ない。如何に時間を有効に使うかが問題だ。ホテルの外の有名な飲食店も店を閉めている。地下鉄も利用できる駅は制限がある。道路も天安門まで行けない。八方ふさがりであった。フロントに相談して、近くの日壇公園を紹介してもらった。ホテルから徒歩で二十分位の距離にある。比較的分かり易い場所なので道に迷うことはなかった。公園は広く市民たちがダンスや球技・バドミントン・ヨガ・太極拳など思い思いのスポーツを楽しんでいた。若い女性は、公園の木の下のベンチに胡坐をかき、ひとり眼をつぶり瞑想に耽っている。私も自分自身を見つめ直して、このような時間を持つのも悪くないなと思った。日本では座禅なども古くからある。だが、わざわざお寺などに出かけ座禅をするのも大変だ。むしろ自宅や公園でひとり瞑想に耽る方が自分には合っているような気がする。日本に帰国したら試してみよう。

午後の四時位にホテルへ戻った。ホテルの売店で夕食のパンケーキなどとソフトドリンクを購入して夕食にした。なんとも侘しい夕食だった。本来、ホテルの近くのレストランで夕食を豪華にとる予定でいた。国慶節の準備のため、大通りの店舗は閉店に追い込まれている。私はホテルのプールに入り、ひと泳ぎして時間を潰した。水着は予め日本から用意しておいた。私の他に親子連れが一組泳いでいた。二十五メートル四レーンだったと思うが、久し振りに泳いだ。冷めた身体をひとりサウナで温めた。トレーニングジムもある。人はほとんどいなかった。アメリカ人の若い男性が独りトレーニングに励んでいた。私はある程度人が利用していないと不思議とやる気が起こらない。部屋に戻りテレビを見ながらアルコールを喉に流し込んだ。一人ということもあって、砂を噛むようなほろ苦さがあった。翌朝フロントに聞くと、深夜ホテルの前の大通りを戦車が何十台も天安門へ向かったそうだ。着々と国慶節の準備は進められているのだ。

翌日、本来朝から万里の長城・故宮博物館などを巡り、食事を楽しむツアーに参加することになっていた。ホテルから出発する予定がキャンセル。フロントに相談して、時間の潰せる場所はないかと尋ねると、北京動物園はどうか？　北京まで来て北京動物園とはないだろうと思ったが、ホテルにいるよりかはよかろうということで午後に行くことにした。

その前に朝の通勤時、私は一人で、ホテルの近辺を四十分位散歩した。流石に首都だけあって、高層ビルディングが建ち並ぶ。車の量も多い。通勤なのか、リュックを背に自転車で走行する若者は、マスクをして走っている。公害問題で揺れる中国。歩道を歩く市民たちも、全員ではないが、排気ガスを恐れてマスクをして歩行する姿が見受けられた。私も日本からマスクを持参していた。

私はホテルの帰り道を、大体方向だけは念頭に置いて散歩していたが、何本もの道を横切ったりしていると、方向が不確かになり、自信が持てなくなった。最悪タクシーで帰れば良いとは思っていたが、敗北宣言の白旗を上げるのもプライド？　が許さなかった。どこかの国旗がはためく大使館の前で帽子を被り、直立不動の姿勢で立っている制服を着た守衛がいた。軍服姿なのか上から下まで隙がない。その長身の若い男に道を尋ねると、にこりともせず、冷たい視線で、顎であっちだと無言で応えた。あごの先の左が、本当に正しいのか、それともあっち へ行けとのサインなのか定かではない。自分の任務に忠実で、余計なことには拘わらないのだろうか。私はあごの先にある方向に進んだ。しばらく歩いた後に、高層ビルディングから出てきた若いサラリーマン風の男に、ホテルの名前を告げると、持っていた携帯電話を取り出して、携帯の地図を広げ丁寧に道を教えてくれた。私は謝謝と答えた。街での一般的な中国人が、不親切でないことを知ってほっとした。特に若い層は比較的友好的な感じさえした。

昼下がり、ホテル近くの地下鉄建国門駅の入り口で、再び荷物検査を受ける。リュックサックひとつなので身軽だった。西学駅で乗り換えて北京動物園駅で下車した。この頃になると、地下鉄の乗り方も要領を得るようになっていた。地下鉄は深く掘られていて、エスカレーターの無いところもある。車椅子の母親を連れて来たら、大変だったろう。

今日は日曜日とあって、動物園は家族連れで賑わっていた。広い動物園を一周するには、充分な時間を費やすことが出来た。動物園に出かけることは、ここ何十年となかったが、童心に返り少し気持ちが和み楽しむことが出来た。パンダもいた。一匹だけ木に登って、休んでいるパンダを見たが、何の感動もなかった。売店でサンドイッチなどスナックを買い、ベンチで池を見ながら昼食をとった。周りでは、親子連れが、ほほえましく食事をとっている。私には、このような家族との触れ合いが無かった。少し侘しい気持ちが頭を過った。独身主義者ではないが、今迄縁がなかった。結婚相手は、誰でも良いわけではない。結婚できない男ではない。結婚しない男でもない。自分に合う相手が見つからない男なのである。この年になると結婚も面倒になる。相手だけでなく、相手の家族・親戚・友人等々を考慮すると、気が重い。今は週末婚・別居婚・事実婚などさまざまな結婚形態があるようだ。自分の人生、自分に正直に生きて、自分を生ききる。自分で蓄えた財産は、自分で使い切る。或いは、世界の恵まれない子供たちに、寄付することも選択肢の一つと考えても良いのかも知れぬ。そんな独り言をぼんやり考えていた。

地下鉄でホテルに戻ると、部屋のキーが見つからない。フロントに預けていたのかと思った。フロントのホテルマンが、「北京動物園にキーを落としていましたよ」と言われた。北京動物園で旅行会社のツアーコンダクターがホテル名とルームナンバーの入ったキーを拾い、ホテルに電話を入れてくれたのだ。キーを交番に届けておいたとのことだった。私はどこの場所で落としたのか分からない。リュックサックの中に鍵を入れておいたが、リュックの開閉の際に、落したのだろう。売店で軽食を買った時なのか、道を歩いている時にリュックから落としたのか定かでない。

私はホテルから今度はタクシーで、再び北京動物園内の交番まで行った。そこで事務手続きを済ませた。ホテルのキーを受け取り、警察官に礼を述べた。まさか、中国で物を落として、物が出てくるとは思ってもいなかった。一般の中国人を先入観念で、判断してはいけないと思った。反省している。中国人に対して申し訳なく思った。やはり善良な人はどこの国にもいるものだと思った。

駅前に停まっている小型タクシーに乗りホテルに向かった。北京の街並みを見ながらタクシーは颯爽と走った。だが、車の窓が全開だったため、もろに風が入ってくる。私は排気ガスを防ぐために、マスクをすかさずかけた。中国のタクシーは驚くほど安い。まさに市民の足として多くの人に使われている。

北京でのドタバタの旅も終わり、翌日、ホテルから北京空港へタクシーを走らせた。

北京空港は人で賑わっていた。今度いつ訪れるか分からない北京空港に別れを告げる時が来た。昼食は空港内のレストランで軽い中華料理を食べた。本格的な中華料理をとうとう食べずじまいで、北京を離れるのも悔やまれた。今度日本に帰国したら、豪華な中華料理を食べることにしよう。日本の料理は世界一だと言われている。

空港で土産のお菓子を幾つか買い求め、北京空港NH全日空962便15時20分発で羽田に向かった。機内では、隣席した女性がいた。外資系IT企業の東京に勤務する、キャリアウーマンの四十代半ばと思われる中国人だった。彼女と羽田まで尽きることのない会話を楽しんだ。中国から東京工業大学に留学して、卒業後は外資系IT企業に勤務している。彼女曰く、自分のイメージでは、東大は文系的イメージが強く、理数系の東工大を選択したという。彼女は頭が良いのだろう。私もそんな発言をしてみたいものだ。彼女は車などの自動音声システムに従事しているという。現在、外車のCMが流れている製品は、当社のものだと言っていた。第一線で活躍している。外資系企業の厳しい一面も話してくれた。海外出張で日本に帰国すると、明日から出勤しなくてもよいと宣告された社員もいるという。日本の企業では、とても考えられないことだ。

人との偶然の出会いは楽しいものがある。

午後19時45分羽田に無事到着した。

神田の寿司屋に入り、久しぶりにビールと特上寿司を頼み、日本の食を堪能した。東京で一泊して、明日には首を長くして待っている母親の所へ戻ることになる。

令和元年十一月二十七日

# 令和

政府は、二〇一九年五月一日閣議決定で新元号を「令和」と決めた。

「令和」は飛鳥時代の「大化」以来、奈良・平安・鎌倉・室町・安土桃山・江戸・近代・現代の平成に次ぐ248番目の元号となる。

令和は、四月三十日の天皇陛下の退位と五月一日の皇太子の即位によるものだ。

読売新聞によると、令和の典拠として、

「出典」

「万葉集」巻第五、

梅花の歌三十二首あわせて序

「引用箇所」

初春令月、氣淑風和

梅披鏡前之粉、

蘭薫珮後之香

「読み下し文」

初春の令月にして

気淑《よ》く風和《やわら》ぎ、

梅は鏡前《きょうぜん》の粉《こ》を披《ひら》き、

蘭《らん》は珮後の香を薫《かおら》す。

新元号は、日本の古典「万葉集」からの引用は初めてである。

新元号に国民・マスコミは沸いた。新元号によって、己をリセットして、心新たに物事に取り組める姿勢が湧くのも事実であるかも知れぬ。

令和を迎えて、平穏な暮らしが過ごせることを期待していたが、十月十二日台風が日本に上陸した。関東・甲信越・東北地方を襲い、記録的な大雨に見舞われ甚大な被害をもたらした。十二月十二日現在、死者九十九名。福島県は最多の三十二名。阿武隈川流域での多くの河川が氾濫した。私の住むいわき市でも夏井川が、何か所も決壊して被害が続出した。平地区では、床上浸水などの被害が多くみられ、停電が長いこと続き、一般家庭やサービス業への営業被害が出た。幸い私の住居は、高台にあり被害を免れた。令和最大の災害である。災害だけでなく、凶悪犯罪も後を絶たない。この国はどうなってしまうのだろう。

新元号の制定は、一部の有識者たちが候補を選定して、その中の一つを政令で閣議決定して、即日交付されるのである。

時代も移り変わり、この制度の見直しを再考しても良い時期にあるのではないか。元号は、国民と共に歩むものである。為政者が上から目線で、独断で決めてしまうのにも抵抗感がある。憲法改正が、国民投票で決められるように、元号も国民投票によって決めた方が、より国民に親しんだ元号になるような気がする。国民主権があるのだから、あながち無鉄砲な主張でもあるまい。方法論はいろいろあると思う。有識者が選んだものを国民が選択するのもよかろう。または、都道府県別に県民独自の候補案を選び、最終的にその中から国民投票で選ぶ。投票はコストのかからない方法で決める。自宅からパソコンで投票等々。工夫すればいろいろ方法はあると思う。こうした開かれた議論をテーブル上に掲げ、実現の為には、どのような制度が国民にとってふさわしいか、国民が議論する土壌が必要であろう。

また国事行為として、十月二十二日内外に即位を宣言する「即位礼正殿の儀」が皇居・宮殿で行われた。陛下は「高御座《たかみくら》」に立って「国民の幸せと世界の平和を常に願い、国民に寄り添いながら、憲法にのっとり、日本国および日本国民統合の象徴としてのつとめを果たすことを誓います」と宣言。各国元首はじめ、王族政府高官など千九百九十九人が参列した。また、「祝賀御列」のパレードは、台風十九号の影響で十一月十日に行われる予定だ。沿道には、日の丸を振ってお祝いする国民の姿が目に映る。

日出ずる国、日本の未来に期待したい。

令和元年十二月二十五日

# 主の来ない展覧会

今年は三度の展覧会に出品した。一度目は、銀座奥野ビルのアートスペース銀座ワン。二〇一八年四月十六日から二十一日まで、銀座モンパルナス　スプリングアートフェスタ・「サロンど東京展」である。私は小さな写真のコラージュ作品二点を展示した。私はオープニングパーティーにだけ参加した。小さなギャラリーには、三十数点のさまざまなジャンルの小作品が、所狭しと展示されていた。個展とは違い、各人の個性あふれる作品に興味が注がれた。

会場では、ビール・ワイン・日本酒・つまみなどを口にしながら、老若男女の出品者の芸術家たちと談笑しながら、銀座の夜を楽しんだ。

二度目は、東京都美術館に於ける第四十五回美術の祭典「東京展」（二〇一九年十月八日から十四日）であった。東京展には、初めての参加だった。審査を受けて、出品の合格を取得した。

若かりし頃、東京都美術館で裸婦のデッサン教室に何日か参加したことがあった。特に教師はいなかったような気がする。モデルの眩しいような白い裸婦の姿に感動を覚えた記憶がある。

今回は、三十号のカンバスに油絵で女たちの裸婦の絵を描き、写真をも含めたコラージュ作品を創作し、その上から三分の一強の金網を貼り付けた作品を展示した。もう一作は、平面に近い小さな立体のコラージュ作品を出品した。

大きな美術館では、百号・百五十号或いは二百号の作品でないと、対峙できない気がする。会場の空間に圧殺されて負けてしまう。そういうことは、充分承知済であるが、手持ちに作品がない以上、出品したくても、出品できない。来年は、せめて、百号の作品に挑戦したい。有名な女流画家で、百号の作品を一日で描いてしまう人がいるという。そういう話を聞くと、不思議なことに自分でも描けそうな錯覚に陥るものだ。

いつもは、ただの鑑賞者として訪れる東京都美術館に、自分の作品が展示されるということは、鑑賞されながら鑑賞するということであり、どんな気持ちの鑑賞になるのか、心躍る胸のざわつきを感じたものであった。都美術館デビューの記念すべき晴れの舞台でもある。

私は、福島県のいわき市から上京する為、効率の良い日時を選択することにした。親の介護もあり、なかなか自由な時間が取れないのが現状だ。そこで出した結論は、十三日の日曜日に行われる懇親会に合わせて出かけることがベストだと思った。だが、生憎その日は、台風十九号の影響で、主要交通機関は全面ストップしてしまい、懇親会も中止になってしまった。何という皮肉な結果となったことであろうか。懇親会を大変楽しみにしていただけに残念至極だった。人との邂逅を大切にしたいと常日頃思っている私は、非常にショックを受けた。結局、自分の作品も他の作家たちの作品も見ることなく主の来ない展覧会は閉幕してしまった。搬入・搬出は業者に任せていた。

皮肉なことに翌日は、台風一過、抜けるような青空が広がり晴天だった。この度の台風十九号は、広い範囲で各地に甚大な被害をもたらした。私の住むいわき市でも夏井川などが氾濫して、住宅に過去に経験したことのない水害をもたらした。床上浸水や、家の倒壊・断水に見舞われた。幸い私の住む湘南台は高台にあり、水害の心配はなかった。

三度目は、東京・中野区大和区民活動センターの大和ギャラリーに於いて、十一月十日から二十二日の伊望会企画展への出品だった。こちらの展覧会には、過去二度展示している。主催者の伊井進先生は、もともと書道歴五十年の先生で、この区民活動センターで、無料で書道を教えて下さっている。私は自主避難で中野区に五年間在住していた時に、先生から二年余り書を習っていた。決してうまい書は書けなかったが、書の心の一端を垣間見たような気がする。生徒たちの他に、著名な書家の作品も展示されていた。彼の人脈から、高名な先生方の作品が招待出品されていた。今回は私のコラージュ作品二点と、母・田中志津の絵手紙「りんご」の作品を展示。りんごは、母が通う小名浜のショートステイで描いた水彩画である。新宿世界堂で額を選び出品した。母はもともと絵が苦手であったが、今回は、珍しく母も驚くほどの出来栄えであった。百一歳の時の作品である。最高齢の出品だ。だが、企画展には、残念ながら遠方など様々な理由があり、訪問できなかった。

このように二度の展覧会に訪問できなかった無念さは残るが、人の目に触れさせて頂けただけでも大変嬉しいものである。

主の来ない展覧会でも、作品が独り歩きしてくれる。

令和元年十月

## 鵜の岬

予約のなかなか取れない国民宿舎として有名な、茨城県立国民宿舎「鵜の岬」に十一月の初旬に電話で予約申し込みをした。今月の空いている部屋二名を申し込んだが、「お客様、申し訳ございません。今月は既に満員でございます」と予想通りの回答が返ってきた。「そうですか」と答えると「お客様、一部屋が空いてございます。バリアフリーの部屋がありました。三階で部屋からは海はご覧いただけませんが、如何でございましょうか?」願ったり叶ったりである。母と同行するので、バリアフリーとは誠にありがたい限りである。宝くじに当選したような気分である。早速十一月十九日一泊二日で申し込んだ。

前日は、いわきで激しい雨が降っていたが、翌朝には雨も上がり爽やかな晴天が広がっていた。ラッキーだ。運がついている時は、こういう時なのだろう。今回の旅行は、出版記念を兼ねた旅行であった。母は遠方の旅行地よりも、身体に負担のかからない近距離の観光地を望んでいた。日立市ならば、いわきから車で一時間三十分位の距離である。わざわざ高速を使わなくても、国道六号線沿いに鵜の岬はある。かつて亡き姉と母で、日帰りでこの地を訪ねたことがある。雄大な太平洋が迫る海岸線の岩場で、母と姉を被写体としてカメラに収めた。今この地を訪れ、当時のことが鮮明に思い浮かぶ。レンズを通して、亡き姉の理知的な表情を捕え、シャッターを切ったことがある。

今日、母と二人で出版記念を祝えれば、こんなに幸せなことはない。

チェック・イン前の二時三十分には、ホテルの部屋に入室できた。三Fのエレベーターの隣の部屋だった。車椅子を利用してホテルに宿泊すると、必ずエレベーターの隣の部屋が準備されている。避難先の都営住宅に入居した時も、やはりエレベーターの隣の部屋だった。多分、車椅子利用者用のマニュアルがあるのであろう。

部屋の中は、ツインベッドが凜《りん》として置かれ、ソファーにテーブル等が配置よく並べられていて、さながらプチ高級ホテルのようだった。バス・トイレは、車椅子が充分利用できるスペースが確保されていた。浴室も比較的広く身障者でも入浴できる造りだった。これで安心して母を入浴させることが出来る。母もこの部屋に満足していた。折角、旅に出て宿でお風呂に入れないことは、ワサビを抜いた寿司のようなものだ。いや、風呂好きの母にとっては、それ以上の物だろう。

先ずは、お茶とお菓子を頂き一休みした。やはり、命の洗濯として時には旅に出て、身心をリフレッシュすることも必要である。しかし、お金はあっても、なかなか私の創作活動や介護生活に時間をとられ出かけることが厳しいのが現状だ。母はどこかへ行くよりも「家が一番」という始末。そうは言うもののたまには外泊して外の新風を吹き込みたいものだ。今回は、出版記念という大義名分で鵜の岬にきた。

母を部屋に残し、テレビを見てもらった。その間、私は浴衣姿に着替え、展望風呂に入浴することにした。先客が数名いたが、広々とした大きな風呂場は、目の前に大海原の太平洋が雄大に広がる。不思議と気持ちまでもが大きくなる。温泉に浸かり日本人だなとしみじみ思う。温泉に浸かり夕食を堪能して、美酒に酔い、一夜をゆったりと過ごす。家事の後片付けをする必要もない。上げ膳据え膳である。家事から解放されるだけでも嬉しいものだ。だが、眼の前に広がる雄大な太平洋を眺めていると、あの悪夢が蘇る。M9の東日本大震災の津波だ。多くの人々が津波に呑み込まれ尊い命を落とし、多大な被害をもたらした。幼い子供から老人まで一瞬の中に命が奪われた。穏やかな海原も大地震によっていつ豹変するかもわからないと思うと、のんびり温泉になど浸かってはいられない。

三十年の間には、首都直下型の大地震が発生するという。それは明日かもしれぬ。私の脳裏には、M9のトラウマが付きまとい恐怖に襲われる。

部屋に戻り、母を入浴させた。さっぱりしたところで、一休みしてから、夕食を二階のレストラン「しおさい」でとる。木組みの大きなドームでの夕食は、落ち着いてゆっくりと食事が楽しめた。周囲を見渡すと、何と、高齢者ばかりではないか。それも七十代以上と思われる人たちが団体で、個人で来ている。老人パワーは凄い。我々もその中の一人であるが、まさに日本社会の縮図を見るようだった。

料理は、前菜から始まり刺身・煮物・焼き魚・ロースポークしゃぶしゃぶ・目光唐揚げ・釜飯・漬物・汁物・デザートがつく。盛り沢山の料理だった。母は小食のため、別メニューの単品料理を頼んだ。鱈白子ポン酢・マグロ赤身刺身・シーフードサラダなどを頂く。私の料理も小皿に取り分けて食する。どれもとても美味しく頂いた。地元の大吟醸がとりわけ美味しかった。母も一口二口飲んで笑みがこぼれていた。

テーブルの上には、姉のパリで撮影したスナップ写真が写真立てに立てられ、こちらを見て微笑んでいる。「お母さん、行明出版おめでとう」と言ってくれているようだ。テーブルには、今回出版した母との共著『親子つれづれの旅』と私の詩集『風紋』も置かれている。たった二人だけの出版パーティーだが、密度の濃いものだった。誰にも気配りせずに母と水入らず至福の時間を過ごすことが出来た。美酒に酔い、幸せな気分に浸った。今年、よくぞ二冊の本を刊行できたと思う。我々は決して若くはないのだ。百二歳と古希を過ぎ、そんな自覚のもと、母と枡目を埋めていった。努力の結晶と言ってもよかろう。これで、兄姉がそろって祝ってくれたならば、どんなにか喜びも倍増することだろう。また、来年も頑張ろうと新たな意欲が湧いてくる。母も『佐渡金山』の復刻版など刊行する予定でいる。私も詩と随筆で綴る一冊を刊行したい。それが刊行されれば、次は本格的に小説に取り組む予定でいる。我々は死ぬまでは、エンドレスだ。

ほろ酔い気分でベッドに入った。夜中に強風が吹き荒れ、松の木々を揺らし、また海鳴りの音のざわめきで目を覚ました。窓を開け外気を入れ、外を眺めると暗闇の中、黒い海も荒れていた。暗闇の中に呑み込まれそうで怖かった。隣のベッドでは、母が深い眠りについていた。

翌朝、夜中の荒れた天候とは、打って変わり、海は静まり返り、穏やかな朝日が窓辺に差し込んでいた。いつも私は宿では、何度も入浴するのだが、今回は残念ながら、夜も朝も入浴できなかった。親の世話や帰りの身支度が忙しかったからだ。

朝食は「しおさい」でバイキングを楽しんだ。母もそれなりに小皿に盛られた和食を頂いていた。朝日の当たるレストラン。窓辺には海が静かに広がる。素敵なリゾート地だ。

売店では、金目鯛を買っていわきへ戻った。いわきからは、丁度良い距離のドライブコースである。母の身体の負担も少なく、快適なドライブだった。

令和元年　晩秋

# 東京経済大学・葵友会《きゆうかい》百十周年記念式典・懇親会

紅葉の季節、十一月一日（金）、私は東経大葵友会百十周年記念式典と懇親会にいわきから参加した。場所は、オークラ東京（ホテル・オークラ）の平安の間で十八時三十分から式典が、次いで十八時五十分から懇親会が行われた。約三百有余名の参加者が集った。ホテルオークラの隣接地に、大倉喜八郎が創設した我が母校・大倉高等商業学校（東京経済大学の前身）があった。そのゆかりの地で、式典・懇親会が開催された。開会式では、会長の挨拶の他、来賓祝辞・学長岡本英男氏らの挨拶があった。来賓・招待者には、理事長・学長・元学長・冨塚文太郎氏の懐かしい顔もあった。大倉文化財団の大倉集古館副館長や各学部長など多数が来賓として招待されていた。

協賛会社には、卒業生の各酒造メーカーが十二社と不二家の社長がチョコレートのブースを設けていた。

功労表彰者には、「東京経済」元編集長の松田周三氏や同期の久朗津英夫（公認会計士）氏の名前が上げられていた。

懇親会では、冒頭に江戸消防記念会第五区による木遣りが舞台で行われた。盛大な催しだった。また、大倉高商校歌並びに東京経済大学校歌斉唱も行われた。東経大校歌の作曲者は、團伊玖磨。私はグリークラブ所属時代、両校歌をよく歌ったものだった。校歌というものは、母校愛の琴線に触れるものだ。

懇親会場では、同期の仲間と久しぶりに談笑した。幹事長大槻龍夫、久朗津英夫、吉田英夫他諸氏。みんな元気な姿を見せていた。狛江に住む永野光紀氏は、この度の台風十九号で多摩川が氾濫して、新車が廃車になる被害を受けたそうだ。だが、保険に加入していたので、全額保証を受け、新車を購入したそうだ。やはり、いざという時は保険の加入が決め手となる。私もグレードの高い自動車保険に加入している。会場には、恩師の先生・先輩・同期・後輩など様々な関係者が集っている。同窓だということで、「ワンチーム」

になれるものだ。会場には、先般の参議院議員選挙に当選した川田龍平氏、落語界では、後輩の春風亭柳橋師匠の顔があった。両氏とは以前に名刺交換をしている。川田氏は東経大の後輩でもあり、選挙でも微力ながらお手伝いしたことがある。また、渡辺渡教授（元学長）のゼミで一年後輩の廣木通夫氏にも久しぶりに再会した。廣木は剣道七段の腕前だ。彼は東経大剣道部の学生をスウェーデンに引率して、親善試合を行ったそうだ。スウェーデンの学生も来日して、母校との親睦を図ったという。インターナショナルのことをしている。また、川崎に住む公認会計士の後輩八木茂樹氏がニコニコした笑顔で私の所へやってきた。今年私が刊行した本を寄贈したそのお礼に挨拶に来たのだ。同窓ということで、先輩・同輩・後輩との距離が近くなり懇親会とは良いものである。

今回、新たな出会いがあった。女性登山家としても知られる川越尚子女史である。彼女は、エベレストの登頂などにも成功している。日本山岳会会員・自然保護指導員。森林インストラクターの肩書を持つ。昭和六年生まれの八十八歳。とても若く見えて、年齢にはお見受けできない。現在は高齢なので、登山はしていないという。ご主人の故川越孝次氏は山男で、日本山岳会会員歴六十五年の永年会員。日本山岳会スケッチブッククラブにも参加されていた。

女史は、平成二十五年に花神社より句集『高嶺星』を上梓。ご主人が挿画を描いている。素敵なご夫妻である。

私は当日の会場で持ち合わせていた、母との共著『親子つれづれの旅』を川越女史に手渡した。後日、そのお礼としてご丁寧な書簡と女史の本をご恵送頂いた。

このように、葵友会百十周年の記念事業に参加させて頂き、多くの同窓生たちにお会いできた喜びを胸に抱いて、虎ノ門を後にした。

令和元年十一月三十日

# クリスマス・イブ

私の人生の中で、どれだけの回数、クリスマス・イブを迎えたのだろうか？

子供の頃は、クリスマスには、目覚めると枕元におもちゃやお菓子の入った銀のブーツなどが、置かれていた。幼い姉は、母に「サンタさんはいつどこからやってくるの？　サンタさんが来たら起こしてちょうだいね」と真剣に尋ねていたことを思い出す。母は当時、経済的に困窮していた時でさえ、子供への思い出作りには、一生懸命だった。

子供の頃のイブの過ごし方は、荒れた生活の中でも、大きなデコレーションケーキを母が切ってくれて、皆に均等に与えてくれた。鳥の手羽先なども肉屋から買い求めてきた。テーブルの上には、蠟燭立が置かれ赤くて長い蠟燭の灯が部屋に揺れていた。家族団欒の賑やかな明るい時期もあった。街の商店街では、寒い夜空に星が輝きジングルベルが流れていた。

近くの教会へは、姉と一緒にクリスチャンでもないのに出かけて、讃美歌を歌い、その雰囲気を楽しんだこともある。教会に飾られたモミの木の、大きなクリスマスツリーを見上げ、その美しさに魅了されていた。

成人になると、恋人も出来、クリスマスプレゼントの交換もした。彼女のピンクのマニキュアの指先で、赤いリボンのついた包装紙を開けると、箱から陶器のオルゴールが顔を覗かせた。彼女は、そっと陶器の蓋を開けると、ショパンのピアノ曲の音色に魅せられ耳を傾けていた。その表情には、とても嬉しそうな笑顔がこぼれていた。私には、大きな紙袋に入れた手編みのセーターをプレゼントしてくれた。その温もりに愛を感じたものだった。表参道のイルミネーションの光の輝きの中を、肩を寄せ合い歩いた冬の日。そんな彼女とも何時の日か破局が訪れた。この季節、六本木の薄暗い酒場には、小さなクリスマスツリーが飾られ、山下達郎のクリスマス・イブの歌が流れている。私はオールドパーのオンザロックを飲む。琥珀色の酒の中に、昔日の君の面影と香りが浮かんでくる。

あれから幾年月が過ぎたのだろう。年を重ねても未練はない。あるのは、明日を見つめて生きる力だけだ。

きょうは、母親を連れ、いわきの海の見えるホテルでイブを過ごす。一時間たっぷり時間をかけて食事をとる。明日はクリスマスの二十五日。親の結婚記念日だ。父親は六十四歳で既に他界して久しい。母親は望んだ結婚ではなかったが、離婚もせずに夫に尽くし、夫の酒に荒れた日々をよく耐え忍び、子育てに励み、人生を真摯に生きてきた。今迄の苦労を労い、感謝の意をもって小さな宴をもった。母の一生とは、かくも凄まじい生きざまだったのかと改めて回想する。来春百三歳を迎える母には、まだ残された大きな仕事が残されている。いつまでも夢を持ち、目標に向かって歩く親の姿には敬意を表したい。

大正・昭和・戦前・戦後そして平成・令和と続く時代を駆け巡り、今も尚、灯を絶やさず生きている。


眼の前に広がる雄大な太平洋は、どこまでも広く、地平線がギラツク。遠くに白い貨物船が何隻か浮いている。地平線の先には、きっと明るい未来があるのだろう。イブの日に思う。そう信じたい。

今年も行く年くる年を迎える季節となった。

令和元年十二月二十五日

# 初詣

東京に居住していた二十代の頃は、除夜の鐘と共に、絣の着物に着替え、友達と明治神宮へ初詣に行ったものだった。山手線も終夜運転している。初詣客も多く乗車していた。

乗客たちは、原宿駅でどっと人の波が動いて、下車する。みんな初詣に参拝する客たちだ。参道を拝殿に向かって何千人もの黒い影がゆっくり歩く。途中何度も歩行を停められまた、規制が解かれて歩き出す。拝殿まではその繰り返しである。夜風が星に光って冷たい。今年は果たしてどんな年になるのだろうか？　期待が膨らむ。友と雑談をしながら拝殿に着く。小銭を握りお賽銭を投げ込む。拝殿の前には、白い布が広く敷いてある。その上に次から次へと賽銭が投げ込まれる。先頭にいると、後方から投げられた十円玉などが頭に当たることがよくある。白い布の上には一円・五円・十円・百円硬貨に混じって、時々千円札もある。流石に一万円札は見たことがない。私は百円硬貨五枚の時が多い。充分ご縁があるようにと、十五円投じる人もいる。二重のご縁ならば、二十五円なのか。語呂合わせだ。効験のほどは定かではない。

私は、拝殿に賽銭を入れ柏手を打ち拝む。家内安全・身体堅固・良縁成就・交通安全・満願成就など思いつくものをすべて祈願する。欲が深いのだろう。少額の賽銭で、これらのすべてが叶えば有難いものだ。何万、何十万人もの願いを受け止められるのは、やはり神業なのだろう。一点集中して、大金を捧げ祈願すべきなのか、迷うところである。願いが叶うか否かは、神のみぞ知るところである。何はともあれ、努力を惜しまず、先ずは頑張ろうと誓う。最近は年と共に、祈願が変わってきた。個人的祈願よりむしろ、世界平和を願うようになった。世界には、飢餓やテロ・内戦・民族・宗教・人権等々の問題が山積している。今日の暮らしに困る貧困な民が沢山いる。神の庇護で彼らを救えないものなのか？　神が存在すると仮定するならば、これらの諸問題は、神の力で容易に解決されるものと思うのだが、どっこい、そう簡単にはいかない。現実の世界を眺めてみると、なかなか容易にことは運ばない。それでも、人間たちは、最後の拠り所は、神頼みするしかないのだろう？　神は万能ではない？　神の存在はあるのか。あるとすれば、何処まで民の声を救いあげてくれるのだろうか？　それは現世に留まらず死後の世界まで引き継がれ、神の手によりその善悪の決断が下されるのだろうか？　不条理な世界に生きている者には、今生の世では、救助の手を諦観せねばならぬのだろうか？

無神論者は、最初から神の存在を否定している。己の責任で問題のすべてに対峙する。彼らは神を冒瀆するものではなく、神の存在そのものを否定しているのだろう。古今東西、神に頭を垂れる民は、何十億人と後を絶たない。どちらの道を信じて選択するにしても、人生最大の命題でもある。

年を重ねる度に、初詣も三が日の中に行くようになった。若い時のように、元旦に行く元気もなくなった。初詣では、近年着物姿の女性の姿は、あまり見かけなくなった。むしろ、正月よりも成人式や結婚式の方が、晴れ着姿の着物姿を見ることが多いように思う。私の絣の着物は、何年も箪笥の中に仕舞い込んだままだ。昔は、正月によく着たものだった。親父も正月には、バリっとした紹の着物を着ていた。母親は大島紬に真白い割烹前掛けをして、正月料理をお勝手で作っていた時代が懐かしく思い出される。

初詣には、山の手七福神めぐりなど、各バス会社で思い思いに企画をするものがある。

私は今、福島県いわき市に住んでいる。初詣は、湘南台の下にある小名浜の諏訪神社に参拝している。ここは、小名浜港に近い海の神様である。

また、平の大國魂神社にも参拝している。

ここは、私どもの「母子文学碑」が建立されている。破魔矢・神札を購入して神棚へ納める。

今年も平和で安らかな一年であることを願っている。

新しい年を迎えるにあたって、人は夢や希望を託すのであろう。

新年は、気持ちを新たにリセットする良い機会でもある。

まさに、あけましておめでとうございます

令和二年一月吉日

## タイトル

本のタイトルとは、重要である。

その本の顔でもある。故に、タイトルの付け方に苦慮するものである。極論すれば、タイトルの良し悪しで、読者に手に取ってもらえるか否かが決まってしまう。如何に読者の心を惹きつけるか、興味を掻き立てるかが問題である。そのようにして生まれた魅力的なタイトルは、一定以上の効果を生むことであろう。一定の読者層を持っている人気作家は、タイトルとは関係なしに、その作家の作品であれば、名前で読んでみようということになる。人気ベストセラー作家は、この範疇に入るのだろう。作家というものは、このレベルに到達することで、苦労無くして、コンスタントに本が売れることになる。だが、タイトルに関係なしに、書評などで取り上げてもらい、マスコミで話題作ともなれば、また話は別物である。

このように複雑な要素が絡み合い、本は売れてゆくのだろう。

僭越ながら、我が家族の本で、タイトルが良かったものを幾つか紹介してみよう。

先ず母・田中志津の小説『信濃川』は、タイトルも大きく、日本一の長い川として、誰にでも知られている。小千谷を舞台にした作品である。作品内容も、大きな大河の中に吸収され包容力がある。その結果、重版となった。

また、随筆集『年輪』は母の年齢が、百歳に近いことを考慮して、年輪がふさわしいと、私が付けたタイトルである。五十代から九十代後半まで、マスコミなどに発表してきた随筆を寄せ集めたものである。

『冬吠え』は、夫の酒乱生活のすさまじさを赤裸々に描いた作品である。冬の季節夫が酒に乱れ吠えまくる。愛犬もその声につられて悲しい声で吠え続ける。そんな生活の一部を切り取って、母が付けたタイトルである。

『遠い海鳴りの町』は、母が青春時代に過ごした、日本海の孤島、佐渡島を舞台に描いた長編小説である。佐渡金山に纏わる歴史や佐渡の文化など、実際に自分自身が佐渡鉱山に女性事務員第1号として勤務し、そこで見てきたことを描いている。タイトルからは、佐渡金山をイメージすることは出来ない。叙情的なタイトルから、本を開いてその全容を知ることが出来る。

そこで、この本を改訂して、生まれたのが『佐渡金山を彩った人々』である。佐渡金山四百年の歴史を織り込みながら、作品は展開してゆく。このタイトルだと、主人公が第三者のように受け取られがちである。

改めて『佐渡金山』として、今年復刻版を刊行する予定である。五度目の挑戦で、世界文化遺産を照準とした復刻版である。

全集『田中志津全作品集』は、そのものずばりの全集である。

その他『歩き出す言の葉たち』は、私がタイトルを決めた。母との共著本である。時代を越えて、織り成す随筆・詩・小説・短歌。限りなく燃え滾る文学への情念を訴える。言葉が独りで歩き出し、生命力を持ったものとなる。

次に田中佐知の処女詩集『さまよえる愛』は母がタ

イトルをつけた。愛の揺れ動く、捉えがたい行方のようなものを表現している。

代表作『砂の記憶』は佐知本人が付けた。

巨大な宇宙世界の中から、ミクロの世界まで、砂を通して語り掛ける。いつしか読者は、否応なく砂の世界へ引き込まれてゆく。砂の連鎖が表情を変え詩人と対峙する。

『二十一世紀の私』は私が付けた。姉は二十世紀を精一杯生きて、新しい年を迎えたが、この世紀を充分生ききれず命の幕を下ろした。無念さは残るが、これも運命。生きる中で自分を探し創造物に挑戦した。あくなき探求心があった。

『MIRAGE』は姉が付けた。変わることのない、消えることのない、奇跡としての愛のMIRAGE。表紙は私の水彩。

『田中佐知・花物語』も私が付けた。まさに花に纏わる詩及び随筆の集合体である。

『団塊の言魂』も私が付けた。団塊世代の私が戦後社会の中で歩んできた日常を、重層的・断片的な視点で切り取る。

『ある家族の航跡』では家族のひとりひとりの作品を取り上げまとめ上げた。家族の絆を再確認する意味でも、面白い企画となった。

『邂逅の回廊』は人生という名の回廊で得たさまざまな回廊の述懐でもある。

随筆集『詩人の言魂』は私がタイトルを決めた。帯には、過ぎゆく時のなかできらめく一瞬のいのちの輝き、宇宙の万物の息づきを捉えようとした詩人のしなやかな感性が縦横に展開する初エッセイ集と結ぶ。

姉の詩集『樹詩林』も私が決めた造語である。幾つもの織り重なった詩の塊が林となり、やがて大樹の『樹詩林』となる。

『田中佐知全作品集』はそのものずばりの全集である。

詩歌集『うたものがたり』も私が考えた。詩と短歌で綴るまさに、うたものがたりである。

『ネバーギブアップ・青春の扉は・かく開かれる』も私が付けたタイトル。青春の熱い生きざまを描く本書は、決して目標を諦めない姿勢を貫く若者の姿が新鮮である。

『親子つれづれの旅』も私が付けた。親子の共著で、対談・随筆・短歌などから構成されている。親子二人三脚で歩いてきた道程を振り返る。

詩集『風紋』も私が付けた。表紙は私のコラージュ作品。人生の行動様式は、所詮風紋の如く爪痕を残し消えてゆくはかないものである。

詩と散文『寒暖流』も私が付けた。人の一生は、喜怒哀楽は在るものの、寒流時期、暖流時期が混沌と入交り、どの潮流にのって人生を歩むかは、本人次第である。

家族の著書のタイトルを通して、縷々コメントを記してきたが、売れる本、売れない本に拘わらず、作家としての生きざまを著書に入魂していることには間違いない。一人でも多くの読者に、感動を与えることが出来れば、作家冥利に尽きるものである。

# 百三歳の母

令和二年一月二十日・母は、百三歳を迎えた。大正六年に新潟県・小千谷で生を受け、昭和・平成・令和と四つの元号を生きている。

昨年春頃から記憶力が乏しくなってきた。

さっき話したことが分からず、二度聴くことがよくある。だが、昔の話は鮮明に思い出すことが出来る。不思議なことだ。

昨年秋には、要介護三から一気に五となってしまった。両足大腿骨を骨折して久しいが、最近は、ボルトを入れている左股の付け根の痛みを訴えることが多い。痛み止めや張り薬などを張って対処するが、抜本的対策にはなっていない。要介護五になってからは、家の中でも歩行が困難である。昨年春ごろまでは、一人で、ポールや手すりを掴まりながらも、寝室から離れたトイレやテレビ室に歩行していた。現在は車椅子を使用しての部屋移動である。風呂も週一度乃至二度程私が入浴させている。デイサービス・ショートステイ利用時は、施設で入浴している。我が家の風呂場は、比較的広く浴槽も深くて大きい。浴室に暖房装置を取り付け、寒暖差に注意を払っている。浴室に椅子を置き、浴槽には、滑り止めのマット及び椅子を置き、ボードを引きその上に母を乗せて入浴させる。身長百四十五cm足らずだが、体重は三十三キロほどあり、箸より重い物を持ったことがない（？）わが身には、大変重い。従って着替えから入浴時間など四十分強のバスタイムは意外と真剣勝負なのだ。洗顔・頭髪洗い、身体を洗う。最近は慣れてきたが、初めの頃は、要領を得ず、苦労したものだ。介護の人に依頼すると、入浴時間が短く不満足なのだ。

食事は、食べる量は少ないが、私が作った食事をそれでも美味しいと言ってくれる。時間をかけて食べている。間食もする。耳も遠くなく通常の会話で済む。執筆活動は、短歌などは指を折り折り創作するが、随筆は口述筆記、小説はもう無理である。最近は根気が無くなり、創作意欲も衰えている。今年は、短歌集『この命を書き留めん』と復刻版の『佐渡金山』を刊行予定でいる。いずれも今迄発表してきた作品を纏め上げている。短歌の書下ろしは五十首ぐらいである。記憶力の無さを指摘すると、「お母さんはこれでも日本文藝家協会の会員で作家なのよ。錯覚しないでよ。さっかくのくは必要ないの」と冗談を言う元気はある。適当に応答していると、突っ込んでくる。気を抜けない一面もある。会話は正論が多く、侮《あなど》れない。

健康管理面では、月二度の訪問医療の先生を迎え、看護師さんの毎週一度の定期診療とリハビリを行って頂いている。安心である。週二度程のデイサービスと必要に応じてショートステイを利用している。

「いつまで生きるんだろうね。生きていることが辛いことがあるわ」と弱音を吐くことがある。身体の足のしびれや足の痛み、腰痛、入れ歯の調整が悪く痛くなるため、食べ物が呑み込めないなどがあるからだ。

「人生って何でこんなに短いのかしら？」

百三歳になっても、そんなことをいう母がいる。実際生きていると、そんな実感を抱くことがあるのだろう。若くしてこの世を去ってしまった人々には、申し訳ないような気がする。

母の人生は、夫の酒癖の悪さに翻弄された波乱万丈なものだった。それは家族をも巻き込んだ二十余年に及ぶ悲惨なものであった。だが、六十四歳で命を絶った夫を亡くしてからの人生は、小さな波風は在ったにせよ、総じて順風満帆な人生と言っても良いのだろう。最愛の娘・佐知（保子）を亡くすという衝撃的なことはあったが、今は落ち着いている。娘の全集や混声合唱組曲「鼓動」も各地で歌われ、満足しているようだ。息母志津の作品も、悔いのないように刊行している。息子も日本ペンクラブや日本文藝家協会に入会し、作品を拙いながらも発表している姿を見て、満足している様子である。

母は故郷に錦を三つもたらしたと言えようか。一つは、青春時代を両親と過ごした佐渡。この地に「佐渡金山顕彰碑」が建立された。二つ目は小千谷の船岡公園にある「田中志津生誕の碑」、幼少期を過ごし忘れがたき昔日の日々の小千谷。三つ目は、晩年の地いわき市、「母子文学碑」が大國魂神社に建立されている。

人生の節目にこれらの碑が建立されたことは、大変意義深く、関係諸氏の方々には、厚く御礼を申し上げる。

今年は、日本で二度目の東京オリンピックを迎える。その先にある、世界文化遺産を見つめ「佐渡金銀山」が本登録されることが、母に対する最大の贈り物であることは間違いない。

いつまでも元気で明るい姿を、子供たちや多くの知人たちに見せ続けてもらいたい。

令和二年一月吉日

# 認知症

内閣府の「平成29年版高齢社会白書」によると、二〇一二年の認知症患者は、四百六十二万人。二〇二五年には、何と約七百万人。六十五歳以上の五人に一人の認知症患者が生まれると予測されている。そもそも認知症が起こる原因は、脳の神経細胞が死滅・減少することにより起こると言われている。

他人事ではない。我が家には百三歳の母がいる。七十歳を超える兄や私もいる。

母は、昨年四月頃より特に物忘れが激しくなり、自分でも呆れるほどだという。忘却が激しくなると、母曰く「自分でない自分を生きているようだ。過去がどんどん過ぎ去ってゆく」と言うことがある。不安と恐怖感が入交り、複雑な心境を隠さない。今迄とは違った、別の人格の駄目になってしまった、みじめな自分を責めることがある。廃人だと自虐的な言葉を口にする。お母さんは廃人・否俳人ではなく、立派な歌人であると冗談を言って笑わせる。

私は母に語り掛ける。百三歳という年齢だから、年齢相応で仕方がないところもあるけど、しっかりしている時もあり、気にすることはない。心配しないで欲しい。すべてを記憶に留めておくことが幸せだとも限らない。時には忘却することによって、過去の苦しい時代を思い返すこともない。母には、悲しみ憂いた苦渋な顔は、似合わないと言い聞かせることがある。

人間、明るいニュースを伝えると顔がほころぶものである。努めて明るい話題を心掛けている。母は気分が良いと時々鼻歌を歌うことがある。童謡や歌謡曲・讃美歌だったりする。

女学校の時にコーラス部員だったので、半音上げたり下げたり本格的だが、いずれも歌詞が最後まで覚えていなくて、自作で似たような詩を歌ったり、途中で歌声はハミングしながら消えてゆく。また、佐渡おけさを歌いながら、手を上げ頭を傾げ、昔日の思いに耽り、座りながら踊ることがある。母の脳裏には、青春時代の郷愁が残像として蘇っているのだろう。その風景は私には分からない。

私が母を支援しているので、日常生活で特に際立った問題もない。だが、随筆などは、口述筆記で本を刊行している。一方、兄も私も幸い、今のところ物忘れは、それほど無く日常生活に支障をきたすことはない。

だが、最近物を部屋に取りに行くのだが、何を取りに来たのか忘れてしまうことがある。

元の部屋へ戻ると、不思議に思い出すことが出来る。これは認知症の前兆なのか？　不安が一瞬過る。

知人の南高まりさんから、放送の数日前に、一月十一日NHKスペシャルで父・長谷川和夫が出演しますので、お時間があればご覧になって下さいとメールが入った。

私は母と午後九時から五十分間、NHKスペシャル「認知症の第一人者が認知症になった」一年間の葛藤と希望。一年間の感動密着記録。人生百年時代のヒント。を拝見した。

南高さんのご尊父は、元・聖マリアンナ医科大学学長で、同校名誉教授でもある。

先生は、認知症の診断に使用される「長谷川式簡易知能評価スケール」を開発した。

「痴呆」から「認知症」に用語を変更した厚労省の検討委員でもある。

私は長谷川和夫先生のお嬢様とは、何年も前から懇意にさせて頂いている。南高まりさんのお嬢様の彩子さんには、姉の絵本詩集などに絵を描いて頂いている。とても気に入っている絵本である。長谷川先生からも先生の著書を何冊も御恵贈に与っている。

『よくわかる認知症の教科書』・絵本『だいじょうぶだよ——ぼくのおばあちゃん——』そして今回の猪熊律子さんとの共著『ボクはやっと認知症のことがわかった』等々。

認知症予備軍並びに現在認知症と闘っている全ての人及び家族や周辺の人たちに、大変役立つ啓蒙書である。

以前、西国分寺だったと思うが、長谷川先生の認知症の講演とお嬢様の南高まりさんのピアノとヴァイオリンとチェロのコンサートを母と鑑賞しに出かけたことがある。

先生のプロジェクターを使用しての分かり易い講演に聞き入った記憶がある。その後のお嬢さんたちのコンサートも素晴らしかった。講演と音楽会。素敵な親子のコラボだと思った。

ＮＨＫの番組では、以前先生は、認知症患者の家族のために、時々デイサービスやショートステイを患者が利用することを提唱されていた。だが、実際にご自身がデイサービスなどに入居され、同居者と共に発声練習など行動を共にして見えてきた光景は、ご自分の過去の業績と現実の現場でのギャップがあまりにも大きく乖離して、家庭内のご自分の部屋である、本に囲まれた研究室が、自分の城だということを再認識されたようだ。ご自身のこれまでのプライドがあるのであろう。とても分かるような気がする。周囲の認知症患者と共に生活をすることには、抵抗があっても不思議ではない。軽度の認知症患者と重度の患者との同居は可能なのか。経営面での効率化を考えれば、同居はやむを得ないであろう。だが、画一的思考に留まらず、よりベターで、アメニティーな生活環境を追求することが、今後の課題となろう。これからは、ますます後期高齢者の数が増加してくる。それに伴い認知症患者の数も右肩上がりになるであろう。軽度の認知症患者の労働再生産は可能であろうか？　単純作業などその役割はあるであろう。だが、人が存在するところ労働災害などリスクも伴う。

これからの日本経済は、労働力人口の減少を、定年延長と女性労働者の活用並びに外国人労働者の活用だけに留まらず、ＡＩ技術はじめ抜本的な構造改革が急務のように思われる。

最後にＮＨＫの長谷川先生へのインタビューで、「認知症になられて、認知症になる前の風景と変わりはありますか？」との質問に、「変わりはございません」と答えられていたのが印象的だった。

奥様はじめ、長女の南高まりさん達、ご家族の献身的な支えがなければ、一人では生きられないことを改めて知った。

二〇二〇年一月十五日

# 新年会

年が明けて新年会が各地で開催されている。

私的には、忘年会の方が、一般的には多く開催され、新年会は少ないように思われる。

だが、振り返ってみると、忘年会ほどではなくとも新年会もそれなりに多く開催されているようだ。

今年は参加を見送ったが、東京新潟県人会の新年会には、数多くの人たちが集まる。

新潟県に係わる民間・官界・国会議員・地方議員・市会議員・県知事・各市長・各支部・個人・新潟県出身の歌手などが集合する。例年、目白の椿山荘を利用している。私も東京に自主避難していた時期、母親に代わり、椿山荘へ新年会に出かけたものだった。入り口には法被を羽織った男女が、新潟県の特産物などを展示販売している。海産物から米に至るまで豊富な品ぞろえである。

県人会の新年会はいつも盛会で、約八百名近くの会員などが集まり、親交を温め懇親を深めている。私も各界の人たちとも名刺交換をした。キリンビール社長・新潟日報社長・テレビ局関係者・知事・市長等々。普段簡単に名刺交換できない人たちとも、同郷のよしみで会話ができる（私は東京都出身。母は新潟県出身。母の代行で出席している）。人的交流を図る意味でも有意義な新年会である。また昨年は、日本文藝家協会の新年会にも顔を出した。私を文藝家協会に推薦して頂いた林真理子さんにもお礼かたがた挨拶した。お世話になっている事務局の方にも挨拶した。このような機会でないと、なかなかお話する機会がない。閉幕後、東京から福島へ日帰りで帰るのも結構きついものがある。東京に住んでいれば、便利なのだが、致し方ない。帰路、東京の灯が羨ましく思う時がある。

今年は、一月十三日の祝日、土曜美術社出版販売の新年会に出席した。飯田橋のホテルグランドパレス三階の松の間で午後一時から四時まで開催された。私は昨年、この出版社から三冊の本を刊行している。

当日は、成人式で隣の会場では、晴れ着姿の煌びやかな若い娘さんたちばかりが、沢山集まっていた。若さとは何と素晴らしいことなのだろう。無限の可能性を秘めている。これからの日本を担う若者たちだ。期待を寄せたい、と率直に思った。

会場入り口では、社主の高木祐子さんと「詩と思想」編集長の中村不二夫氏が迎えに出ていた。編集長とは初めてお目にかかるので名刺交換させて頂いた。因みに「詩と思想」の本年度ベストコレクションに私の詩「年輪」が選ばれた。

式典は、社主高木祐子さんはじめ多くの人たちの挨拶が行われた。また第二十八回「詩と思想新人賞」（受賞者黒田ナオ）の贈呈式も行われた。新人には今後の活躍を期待したい。

また、遠方から会場に来場した人の挨拶があった。九州からわざわざお見えになった方や福島から来た私も壇上で、自己紹介を兼ねて作品などについて挨拶した。式典が終わり、懇親会が始まった。バイキング方式の食事だった。会場では、顔見知りの人は数人しかいなかった。来場者には、日本詩人クラブの会長・北岡淳子さんや日本現代詩人会前理事長・新延拳先生他、百二十名の参加者がいた。

北岡淳子さんからは、日本詩人クラブへのお誘いがあった。日本現代詩人会と同様に七十年の歴史を誇る詩人団体である。詩人クラブに入会して新たな人脈を作りたいとも思った。

後日、日本現代詩人会の前理事長からも入会の希望があれば連絡してくださいと温かいお誘いがあった。実は、私の詩集『風紋』と姉の現代詩文庫『田中佐知詩集』を新年会後にご自宅へ贈呈させて頂いた結果のことである。勿論、資格審査があっての合否であるが、入会出来れば、いい加減な詩が書けなくなるというプレッシャーもある。己を高める意味でも、ハードルは高い所に置いて置くことが大切だと思う。

二次会では、四時から六時過ぎまで、二十三階の最上階のラウンジで、お酒を飲みながら談笑に耽った。ほとんどの方が初めてお会いする人たちだった。ある面、新鮮だった。

その中の一人に渡辺めぐみさんがいた。彼女は東京の世田谷文学賞選考委員をされている。姉田中佐知のことも知っていた。彼女から思潮社の編集長が藤井一乃さんになったことも知った。藤井さんには姉の『砂の記憶』はじめ全集では大変お世話になっていた。

時の流れの速さを感じる。時は刻一刻と過ぎているのだという実感を抱く。

日が落ちて、高層ビル最上階から見る、夜が更けてゆく東京の夜景が美しかった。

二〇二〇年一月二十日

## 人間国宝

人間国宝とは何ぞや? まさかこんなに身近かなところから、人間国宝が誕生するとは思ってもみなかった。実は、日本ペンクラブの企画委員として人間国宝の神田松鯉《しょうり》氏も私と一緒に活動している仲間でもある。個人的なお付き合いはないものの、クラブで顔を突き合わすことがある。彼は企画委員の中でも積極的に活動されている方である。そんなこともあり、一月二十六日帝国ホテルで開催される「神田松鯉氏 重要無形文化財保持者認定を祝う会」に私も参加申し込みをした。背広は何着もあるのだが、ウエストがどれもきつくなり、五年振りかで、スリーピースのスーツを購入した。当日、母親をショートステイに預けて、帝国ホテルに行く準備を整えていた。だが、突然悲劇?が起こった。私は親を介護して七、八年経つであろうか。一月十九日朝、親をベッドに移動する時に、無理な姿勢で親を動かした。その時、足がぐにゃっと、力なく折れて座り込み、激痛が腰に走った。ぎっくり腰だ。一瞬息が出来ない程の激痛が走った。やってしまったと思った。ぎっくり腰は、十年ほど経験したことがなかった。大丈夫だろうか？　冷や汗が流れ、恐る恐る立ち上がった。腰への痛みは消えなかった。午前中、車を走らせ近くの接骨院の門を叩いた。ベッドでの寝返りが痛くてできない。電気治療で急場を凌いだ。今月二十六日の日曜日までに回復するであろうか？大事な神田松鯉氏の祝賀会があるのだ。気持ちは焦った。明日は日曜日で治療は出来ない。

コルセットを使用して、腰の痛みを抑え歩行した。何とか歩ける。爆弾を抱えての祝賀会の参加には一抹の不安が残る。来週どんな状況か様子を見ることにした。帝国ホテルの会には是非参加したい。火曜日になり、少し改善してきた。だが、また悪夢が再現された。二度目のがっくんだ。接骨院の先生も東京行きは断念して、安静にしてくださいと言う。母親の担当看護師さんにも家に訪問した時に私の様子を見て、お母さんをしばらくショートステイに預けられご自身の身体のケアーをされたら如何と言われた。母の二十六日のショートステイ先には、私が上京しないので、既にキャンセルしていた。ケアーマネージャーや他の看護師さんたちも心配してくれて、母と私が共倒れになったらどうするんですかと強く母のショートステイ生活を勧められた。一週間も利用すれば、私も回復するのではないかということだった。

実は、私も正直自分の身体に自信が持てなかった。やむなく神田松鯉氏の東京の自宅に電話を掛け、祝賀会の出席の辞退を申し告げた。生憎、神田先生はお留守で奥様がお出になられた。私もぎっくり腰の経験がありますた。大変ですね。主人に申し伝えておきます。お大事になさってくださいとのことで電話を切った。母は二十六日から一週間ほどショートステイ生活をすることになった。私は自宅で静養に努めることにした。母の入浴・食事・くすり・トイレの補助から解放される。二十六日までの三日間は茨城にいる兄に来てもらい、母の介護をしてもらうことにした。

祝賀会に出席できないことは誠に残念であるが、致し方ない。

神田氏は講談界の第一人者である。講談を拝聴したことは残念ながら無いが、機会があれば百三歳の母と共に是非拝聴させて頂きたいと思う。

発起人代表には、講談教室の会長桑原一男氏。発起人には、落語協会会長春風亭昇太氏、日本ペンクラブ会長吉岡忍、俳人協会会長神田紅、日本講談協会会長大串章、神田松鯉友の会代表出崎克氏の名前が並んでいる。

会費二万円の祝賀会であるが、この会場での新たな邂逅を期待していただけに至極無念である。

神田松鯉先生、重要無形文化財保持者（人間国宝）認定を衷心よりお慶び申し上げます。

二〇二〇年一月二十六日

田中　佑季明

# 作家魂

母は、今年一月二十日で百三歳を迎えた。身心共に健康だとは言えないが、血液検査では、特に内臓系の病気も見受けられない。外科的には両足大腿の骨折による痛みがある。筋力低下により、歩行が困難である。昨年秋、要介護三から五となってしまった。

しかし作品に対する情熱は熱く、昨年は母との共著で『親子つれづれの旅』を刊行した。

母と私の対談と短歌および随筆。および私の随筆などを掲載して刊行した。福島民報・福島民友の記者が、自宅に訪問され新聞に紹介された。

今年母は、二冊の本を刊行予定でいる。一冊は「短歌で綴る我が人生」として『書くことだけが我が命なり』。八百首余りの短歌を詠んでいる。勿論、今年詠んだ短歌ではなく、既刊された本の中から抽出したものと、昨年詠んだ五十首余りの短歌を集大成したものである。二月中旬短歌研究社より刊行予定である。

年々歳々、身体も心も厳しくなってゆく状況下に於いて、母の文学に対する情念は喪失されていない。そうは言うものの、寄る年には勝てず、弱音を吐くことも多くなった。

だが、時に作家魂の片鱗をみせることがあるのだ。それは文学に対するあくなき追究心からくるのだろうか。

自分の作品に対する執念がある。プライドと置き換えても良いのかも知れない。

物忘れが多くなった母とはいえ、「お母さんは、日本文藝家協会の会員なのよ。作家なの。錯覚しないでよ。錯覚のくは入らないの。作家よ」と冗談を飛ばし笑わせることもある。

ここに短歌集『この命を書き留めん』の帯を紹介する。

小説・随筆・短歌など、多岐にわたる文学作品を世に送り出してきた著者が、既発表作品に新たに創作した五十首程を加え、短歌に於ける集大成としてまとめた作品集。大正・昭和・平成・令和という四つの時代を生き、百三歳を迎えた作家の三十一文字に籠めた生の真実、家族への深い思いは時を越え、時代を越えて人の心に沁みる。

背　短歌で綴るわが人生

裏　豪雪の小千谷に生まれ鉛色春待つ心ひときわ強く

筆を執りこの人生を書き留めん書くことだけがわが命なり

地面割れ海の大波漁船踊る小名浜港に海かもめ舞う

ひっそりと庭に咲きけむ寒椿我知らずとも命育む

生き甲斐は生きることなり毎日を生きる慶びこの身に刻む

この本は、母の幼少期の小千谷から新潟・佐渡・東京・埼玉・いわき・東京・再びいわきへと流転の人生を生き抜いてきた歴史でもある。この短歌から田中志津の人生絵巻を見ることが出来る。

次に『佐渡金山』が角川書店（販売・ＫＡＤＯＫＡＷＡ）より四月に刊行予定である。佐渡金山四百年記念に刊行された『佐渡金山を彩った人々』を『佐渡金山』に改題して復刻版として発行するものである。『佐渡金山』の帯は、世界遺産総合研究所の所長古田陽久氏より次のような一文を寄せて頂いた。

金を中心とする佐渡鉱山の隆盛から凋落までを見つめてきた田中志津。四百年を超える歴史を誇る産業遺産の顕著な普遍的価値が今再び蘇る。

帯の背には次の世界遺産候補とある。

現在、佐渡金山は世界文化遺産の暫定登録になっている。本登録までは、多分あと二年程ある。母の百三歳の年齢を考慮すると、母の健在中に復刻版を刊行しておきたい家族の想いがある。登録が決定されれば、増版を視野に入れている。

佐渡金山には、「佐渡金山顕彰碑」がある。世界遺産を見込んでの碑である。

この碑には、道遊《どうゆう》の割戸《われと》から産出された二トンの金鉱石とその由来が刻まれ、これに並んで第三駐車場に母の文学碑が建立されている。

また、母の足跡を刻む文学碑として、新潟県小千谷市の船岡公園に［田中志津生誕の碑］がある。また、いわき市には母子文学碑（志津・佐知・佑季明）が建立されている。

百年以上の歳月を経て、母は全集はじめ小説・短歌集・随筆集・文学碑まで築き上げた。

心より敬意を表したい。

二〇二〇年二月吉日

# NUDE

私はひたすら光と影を追い、画用紙に鉛筆を走らせる。私の目の前には、横たわる裸婦ひとり。一糸まとわぬ若い女は、恥じらいもなく短い時間身動きもせず、ポーズを崩さずにいる。白い裸体は透き通るような透明感を増し、桜色の肌で画家と対峙している。長い髪の毛をかきあげ、顔から首・肩・ふくよかな胸・腹・小さな黒い茂み・大きな尻・長い脚へと柔らかな曲線が美しく流れる。モデルの立ち居振る舞いには、プライドさえ感じる。

私がはじめて裸婦を描いたのは二十代の頃、上野の東京芸大近くにある東京都美術館でのデッサンだった。目の前にいる裸婦は、眩しいほど輝いていた。女体の美は、神秘的で神々しくさえあった。震える手で筆を執る。画用紙にもうひとりの他人の女が描かれてゆく。

目の前の女を思うように描くことが出来ない。私の胸の奥深くには、己の技術の未熟さ・むなしさ・わびしさと焦燥感がないまぜに同居していた。私の目とは、所詮この程度の観察力・洞察力しかないのかと、自虐的に才能の貧困さを痛いほど思い知らされた。

失望の淵に立たされてさえ、諦めずに筆を走らせる。何本の線の中で、これはという線をやっと見つけ出す。しかし、悲しいかな初心者は、画用紙は既に消しゴムで消され、汚れた線が幾本と残り、一筆画のようには行かない。

女のフォルムは、変わらずとも、心の動揺・邪念が、正直な程、心の線として描かれてゆく。心の鏡が線へと恐ろしいほど投影されてゆく。

誤魔化すことが出来ない。己の実力が、そのまま絵として残る残酷さ。

裸婦のデッサンは、幾年も時を超え、場所を変え繰り返してきた。

東京の上野・銀座・阿佐ヶ谷・いわきと。場所・時が変われども実力は以前と五十歩百歩である。自分で納得のゆく人体は、未だ描き切れていない。人体の難しさ奥の深さを痛感する。枚数を描き切れていない。いつ到達するのであろうか？　満足のゆく絵に……。

彫刻家が、人体に触れて触覚を確かめるように、絵描きもその手法をとるのはご法度であろう。解剖学を研究して、骨格など勉強して人体の構造を知ることに頼ることも必要なのかもしれないがなかなかできることではない。

しかし、そこまで到達しないと、本来の裸婦は描き切れない。

ところで、長年裸婦のデッサンをしているのにこう言ってはなんだが、私は、女体の美しさは、静止しているものより、動いているものの方が、躍動感があり、「生」の発露があり魅力的だと思う。

その最たるものは、街中で見られる裸体舞踊だろうか。若かりし頃、私は母・姉を連れて勇気をもって、二人を誘い、有楽町の日劇ミュージックホールへ裸体舞踊を観賞しに行ったことがある。正統派の踊り子たちが、スポットライトを浴びて、その気品のある美しい肢体を惜しげもなく披露する。特に黒豹の岬マコが印象に残っている。

当時、丸尾長顕が、劇場内で若き写真家たちのために、写真撮影を許可するという英断を下したことがある。丸尾は先見的視野に立つ男であった。大きな展望を持っていた。

若き写真家たちに、その門戸を開いた伝説的な男だった。私はその時代を共有していたが、その撮影のチャンスを残念ながら逃してしまったひとりである。

それかあらぬか私は何時の日からか、写真でヌードを撮影するようになった。

私は写真集を二冊程刊行している。女体の美を、よりリアルな姿として写真にして定着させる。写真は、油絵・水彩・鉛筆画と質感を異にして、眼に直接リアルに飛び込んでくる。

芸術かわいせつか議論が分かれるところであるが、荒木経惟並びに加納典明の過激写真は度々話題となり、警察の世話になることがある。権力と闘う芸術家？であろうか。後に加納は、裁判闘争を途中で取りやめたことを後悔している。

私は荒木経惟の個展を早稲田の小さなギャラリーで見たことがある。畳一畳ほどの否、それ以上の大きな写真が、会場に何枚も飾られていた。女の陰核に多分精液であろうと思われる、白い液体が黒い茂みの中にぶちまかれていた。その個展は、ゲリラ的に名もないギャラリーで開催されていた。ふーんこれは如何なものであろうか？　だがポルノと違う芸術性もなくはないと思った。しかし銀座あたりのギャラリーでは、紳士淑女の街では、とても開催できる写真ではない。

篠山紀信でさえ、公然わいせつ罪で、路上でのヌード撮影が問題になった。

時代と共にヘアーが解禁となった昨今、世の中のヌードに対する変容が見られるようになった。宮沢りえの写真集が爆発的ヒットを生む。外国ではガガのヌード写真が話題を呼ぶ。

だが、エログロナンセンスのヌードであっては、無意味である。ポルノと同一視しない線引きを、どこに求めるかは、写真家の度量とセンス・才能に委ねられるところであろう。

日本で初めての広告として、ヌードが採用されたのは、赤玉ポートワインのポスターだ。そのポスターには、清潔感と品位さえ感じられる。

私は、最近写真撮影をしていない。私的には被写体そのものが、魂を揺さぶられるようなものでないと、シャッターを落とせなくなってしまった。

寸止め状態の欲求不満な日々が何年も続いている。

私好みの被写体との遭遇で、いつか思いきり爆発したいものだ。

ＶＩＶＡ　ＮＵＤＥ！　何時の日か、私にだけしか撮れない作品を残したい。

二〇二〇年二月一日

# 幻の企画

二月十四日は、兄・昭生の誕生日である。今年で七十七歳を迎える。驚くべき早さだ。

茨城からいわきへ、この日のためにやって来た。

母は、一月二十日で百三歳を迎えた。その日、小さなデコレーションケーキに三本のローソクをたて、兄と自宅で夜、母の誕生日を祝った。

母の外出は少なくなったが、私は母にお洒落な真珠のネックレスをプレゼントした。

年齢を重ねると、誕生日もそんなに嬉しいものではない。本来、元気に誕生日を迎えたのであるから、喜ぶべきものであろう。だが、己の肉体の老化などを考えると、年々歳々老化してゆく自分を見つめる時、喜べない現実がある。特に高齢者の場合は、死へのカウントダウンが、眼の前にちらつくものだ。

二月十四日、小名浜のオーシャンホテルで、一泊二日の誕生会を開いた。全室から海が眺められるロケーションの良いホテルだ。

太平洋に浮かぶ照島や遠くに行き交う貨物船、近くを走る白い漁船、地平線の先は丸く弧を描いている。

姉が生きていた時も、時々使用していたホテルだ。三菱に勤務時代もこのホテルの利用が、度々行われていた。

二月十三日は、母の短歌集が、刊行されたことを含めて、出版パーティーも兼ねることにした。パーティーとは言え、身内三人（母・兄・私）だけのささやかなものである。本来、東京などのホテルで出版社や友人・知人など関係者を呼んで、にぎやかに開催したいところであるが、母の年齢を考えると、東京まで出かけることは無理である。自宅から車で十五分ほどの高級ホテルで、のんびりと家族で過ごして、祝うことにした。

近くの花屋で花束を二つ準備した。場を盛り上げるためにも、小道具は必要である。色紙に誕生祝と出版記念の寄せ書きを書いた。姉でも生きていれば、気の利いた言葉を寄せるのであろうが、一般的な言葉が色紙に散りばめられていた。

人間やはりメリハリの利いた生活が大切である。私もここの所、親の介護で、ぎっくり腰となり、接骨院や整形外科などに二週間ほど通院している。ブロック注射で痛みをこらえている。湯本温泉にも足を運び、温泉治療も試みている。だが、毎日親を置いて温泉に行くわけにもゆかない。月二回のデイサービスの利用と訪問入浴で対処している。

温泉に入り、美味しい食事とビールを飲み干して、久し振りに家事から解放され命の洗濯ができた。母も兄も笑顔がこぼれていた。

六月には、私の随筆と詩の本『寒暖流』が刊行される予定である。

今、私はいわきの自宅で、詩と随筆を書いている。


だが、このホテルでの誕生日祝いと、出版祝いは、私のぎっくり腰と、その後の座骨神経痛で急遽キャンセルとなった。幻の企画に終わった。

同時に母が、二月十三日自宅で転倒して、救急車に運ばれ、総合病院で診断した結果、骨折はしなかったものの、打撲がひどく現在入院している。

二月十三日は、母の短歌集『命の限り書き留めん』が、出版社から自宅に送られてきた日である。皮肉なものだ。

兄と相談して、母が退院して元気になったら、仕切り直して開催してみようと思っている。

二〇二〇年二月十五日

# 卒業五十周年を前に思う

私は二〇二〇年三月には、東京経済大学経済学部を卒業して、早いもので五十年を迎える。半世紀の重みは深いものがある。母校・東経大の前身は、明治三十三年創立の名門、大倉高等商業である。創設者は大倉財閥の大倉喜八郎である。彼は、帝国ホテル・大成建設・サッポロビールなど多くの企業を設立した。戦前は、ホテルオークラの隣接する赤坂葵町にあった。戦争で校舎は焼失して、国分寺に移転した。昭和二十四年東京経済大学となった。

創立百二十一年を迎える。現在は、単科大学から、総合大学となり経済学部・経営学部・現代法学部・コミュニケーション学部と一プログラム・四研究科・大学院を併設する。コミュニケーション学部は日本で最初の学部である。

私が通学していた時にはなかった制度もあり、その一つが、多摩地区にある四年制大学で構成される「多摩アカデミックコンソーシアム」である。東経大・国際基督教大学・武蔵野美術大学・東京外国語大学・国立音楽大学・津田塾大学の六大学が、単位互換制度・図書館の相互利用・共同公報など協力している。私が通学していた時に、この制度があれば最大限利用していたであろう。今の学生は、施設の面でもアメニティ面でも、また学問の面でも、やる気があれば、能力を発揮することが出来る。幸せ者だ。

卒業生は、政界・官界・財界・産業界・芸術・マスコミ関係など各分野で活躍している。

最近は「ゼミする東経大」として、石川ゼミが二年連続で日銀グランプリ最優秀賞を獲得している。また公認会計士試験の在学中合格者を多数輩出している。

国分寺の学舎で、共に学び育った昭和四十五年卒の我が同胞たちは、どうしているのであろうか？　気になる所ではある。既に亡くなった人もいるであろう。

当時の学校施設の老朽化した木造校舎は取り壊さ

れ、新たに鉄筋の教室が、何棟も建っている。キャンパスは、整備され、使いやすさ・利便性をも含めた環境面で、グッドデザイン賞を受賞している。旧図書館前には、創設者大倉喜八郎の銅像が誇らし気に威風堂々と建っている。

早稲田や慶應のように、創設者大隈重信や・福沢諭吉の銅像が大学のシンボルとして建立されているように、母校も同様に大倉喜八郎の銅像が建立されてもしかるべきだと学生時代思っていた。だが、当時は学生運動が激しい時代、七大財閥の大倉喜八郎は、一部の学生の間で死の商人とも呼ばれ、その銅像建設には、根強い反対勢力があったように記憶している。当時は、日共系反日共系に別れ、激しい学生運動が展開されていた。東経大はマル系（マルクス経済学）の大学だった。東経大の全国学生連合会の委員長は、日共系の田熊氏だった。私のゼミには、反日共系の中核派の学生もいた。機動隊が学内になだれ込む事件もあった。

あれから五十年、日本は、物言わぬ国民が大半を占めるようになった。選挙があっても投票に行かない国民が多い。折角、長い歴史の中で獲得した民主主義の制度を活用していない。選挙制度にも問題はあるが、かといって放置・無視するわけにもいかない筈だ。このことは、日本の民主主義の危機ともいえよう。香港の学生運動を見る時、日本は民主主義国家であっても、その権利を国民は充分に行使していないもどかしさを覚える。

卒業生には、輝かしい実績を誇る人物が多くいる。古くは、森ビル社長はじめ日活の堀久作、大映の永田社長、京セラ二代目社長、セブン-イレブン社長、近年では、若手で各分野に活躍している人が多い。名前を上げれば枚挙にいとまがないが、一例を上げてみよう。落語界の春風亭柳橋・プロ野球選手で、阪神から大リーグに行った藪恵壹・写真家の江成常夫・小野庄一・オペラ歌手の佐野成宏・参議院議員の川田龍平など多数いる。

卒業生としては、同窓が活躍している姿を見ることは心強く励みにもなる。

卒業五十年に当たり、心新たに今年の卒業式典に参加させて頂き、また、懇親会などにも招待されるという。

卒業五十年経っても人生の卒業ではない。人生百年時代、人生これからだ。団塊世代はまだまだ活躍する場がある。社会に足跡を残したいものである。
級友たちと親交を温め青春時代を思い浮かべたい。

二〇二〇年二月末日

＊卒業五十周年事業として、大学から令和二年の卒業式と懇親会に招待されていた。だが、新型コロナウイルスの影響で中止となった。懇親会は秋の大学祭で実施予定となった。

★その後、新型コロナウイルスは、中国武漢を発症として、全世界に感染地域を拡散していった。二〇二〇年五月二十七日現在、世界の感染者数は、五百五十四万人、死亡者は三十四万人。日本の感染者は一万六千六百五十一人死亡者八百五十八人（豪華客船の乗員を除く）を数える。日本ではステイホーム・テレワークなどを呼びかけ、一定の成果を上げて、緊急事態宣言は解除され自粛ムードが和らいでいるが、いつ第二次・第三次の感染が発生されるか予断を許さない。来年の東京オリンピック開催も、ワクチンや新薬が早期に開発され、実効が見られないと、危ぶまれる。そのタイムリミットは、ＩＯＣでは、今年の十月だという。果たして世界は、日本はどうなるのであろう。一日も早い終息を願うばかりである。

二〇二〇年六月一日追記

# あとがき

この度、第三詩集『寒暖流』を刊行した。詩と散文による書物である。私の住む福島県いわき市の浜通りは、太平洋沿岸に六十キロにも及ぶ海岸線が伸び、「いわき七浜」と呼ばれる風光明媚で、温暖な土地柄である。いわきのブルーな海は、寒暖流が交錯し魚種が豊富なことで知られる。タイトルの『寒暖流』はそうした背景の中から生まれた。作品が多岐にわたり、読者の方々にいろいろな味わいのある顔を、未熟ながらも見せることが出来たとすれば、作家としては嬉しい限りである。

願わくば、寒暖流の濁流の渦の中に、巻き込まれ水没しないことを願って止まない。人生は、寒流時期と暖流時期が混沌と入交って、あるとするならば、どの潮流に乗るかは運命もあるが、本人の舵取りの羅針盤如何なのか？

カバー・扉のコラージュは、写真家・アーティストとしての私自身の作品を取り入れた。装丁は、直井和夫氏のご協力を得て、魅力的な書物が完成した。心より感謝申し上げます。また刊行に当たっては、土曜美術社出版販売社主、高木祐子様のご理解とご協力を頂きました。厚く感謝申し上げます。

二〇二〇年五月吉日

日本現代詩人会会員
日本詩人クラブ会員
日本文藝家協会会員
日本ペンクラブ会員
作家・詩人　田中佑季明

プロフィール

田中　佑季明（たなか・ゆきあき　本名・行明）

東京生まれ。東京経済大学経済学部卒業。明治大学教職課程修了。

記者、教員を経て三菱マテリアル（株）三十年勤務。

作家・詩人・写真家・エッセイスト・舞台監督・プロデューサー。

日本文藝家協会会員。日本ペンクラブ会員、企画委員。日本現代詩人会会員。日本詩人クラブ会員。

日本出版美術家連盟賛助会員。

いわきアート集団所属。

東京・大阪・所沢・いわき市・パリで個展など開催。

★主な著書

写真集『ＭＩＲＡＧＥ』太陽出版　田中保子（佐知）と共著

写真随筆詩集『三社祭＆Ｍの肖像』東京図書出版　田中佐知と共著

『ある家族の航跡』武蔵野書院　田中行明編

『邂逅の回廊』武蔵野書院　田中行明編

『団塊の言魂』すずさわ書店

詩集『田中佐知・花物語』土曜美術社出版販売　田中佑季明編
小説『ネバーギブアップ―青春の扉は・かく開かれる―』愛育社
『歩きだす言の葉たち』愛育出版　田中志津と共著
『愛と鼓動』愛育出版　田中志津と共著
詩歌集『うたものがたり』土曜美術社出版販売
『親子つれづれの旅』土曜美術社出版販売　田中志津と共著
詩集『風紋』土曜美術社出版販売

★主な催事
東京：三菱フォトギャラリー、三越、デザインフェスタ原宿などで個展
　新宿歴史博物館・追悼展　新宿安田生命ホール　舞台監督
　オノマトペ　コレクション展・朗読会企画　銀座グループ展他
　「美術の祭典　東京展」東京都美術館　二〇一九年十月
所沢：所沢図書館・家族展　新所沢コミュニティーセンター・朗読会
大阪：ギャレ・カザレス・写真展
いわき市：NHK、草野心平記念文学館、平サロン、創芸工房、ラトブ、いわき市勿来関
　文学歴史館　他
パリ：エスパス・ジャポン「親子三人展」志津・佐知・佑季明
中国：山東大学「多文化研究と学際教育」国際シンポジウムで二〇一九年九月講演

★その他
NHK、ニッポン放送、FMいわきなどに出演。椿山荘講話。
月刊誌に随筆六か月執筆。

★いわき市：二〇一七年四月二十三日、大國魂神社「歌碑」（母子文学碑、志津・佐知・佑季明）建立

★マスメディア
朝日、読売、毎日、産経、新潟日報、福島民報、福島民友、いわき民報、FLASH、日本カメラ、東京中日スポーツ、アサヒ芸能、その他の月刊誌などに多数紹介される。

詩と散文　寒暖流《かんだんりゅう》

発　行　二〇二〇年七月六日

著　者　田中佑季明

装　丁　直井和夫

発行者　高木祐子

発行所　土曜美術社出版販売

〒162-0813　東京都新宿区東五軒町三―一〇

電　話　〇三―五二二九―〇七三〇

FAX　〇三―五二二九―〇七三二

振　替　〇〇一六〇―九―七五六九〇九

印刷・製本　モリモト印刷

ISBN978-4-8120-2570-3　C0092